PETITE BIBLIOTHÈQUE UNIVERSELLE

HECTOR FRANCE

LA PUDIQUE

25 CENTIMES

34, RUE DE LA MONTAGNE-SAINTE-GENEVIÈVE
PARIS

30 Centimes le volume rendu franco dans toute la France et les pays compris dans l'Union postale.

PETITE BIBLIOTHÈQUE UNIVERSELLE

LA

Pudique Albion

PAR

Hector FRANCE

PARIS
Librairie des Publications à 5 centimes
34, RUE DE LA MONTAGNE SAINTE-GENEVIÈVE, 34

Hibout Gustave

né à Lainville

par Meulan

Seine et Oise

LA
PUDIQUE ALBION

> « *Perfide Albion* est le terme de reproche que depuis un temps immémorial nos voisins nous ont jeté au travers du détroit. Mais dès maintenant, depuis le livre de M. Hector France, l'Angleterre sera connue dans le monde sous le nom de *Pudique Albion*. Nous ne pouvons que gagner à ce changement de nom, quoique ironiquement donné. »
>
> (Morning Advertiser.)

C'est pour complaire au critique littéraire du *Morning Advertiser* que j'ai donné ce titre général aux chapitres *objectionnables* et grassouillets qui suivent.

Je devais bien cela à cet écrivain, car il est presque le seul de la presse anglaise qui ne m'ait pas assommé de la lourde massue de John Bull, et je lui adresse ici mes remerciements pour l'étude qu'il a faite de mes *Va-nu-pieds de Londres* (1), dans laquelle il s'étonne des critiques enfiellées et de mauvaise foi de la plupart de ses confrères.

« Les journalistes comme M. George Sims, écrit-il, sont effrayés de dévoiler la moitié de ce qu'ils ont vu, mais M. Hector France ne se laisse pas aller à de telles délicatesses. Les plus écœurants détails de misère et de vice sont accentués dans son livre avec une énergie un peu étrange pour des oreilles anglaises. Rien n'est voilé, il n'y a nulle ambiguïté, tout est tracé avec une fidélité révoltante. A la vérité, ce livre était écrit pour des lecteurs français, qui aiment, dit-on, les forts assaisonnements : et même s'il n'en était pas ainsi, notre effarouchement devant ce trop franc-parler, ne ferait que confirmer M. Hector France, nous le soupçonnons fort, dans son appréciation de la pruderie anglaise ».

Cette appréciation, M. W, Saunders, le rédacteur du *Morning Advertiser* ne doit pas l'ignorer, est malheureusement pour ses compatriotes, l'appréciation générale. L'hypocrite pudibonderie des insulaires de la Grande-Bretagne fait depuis nombre de lustres la joie du continent. Un peuple,

(1) *Low Life in London*. (Morning Advertiser, 26 déc. 1883.)

aussi bien qu'un individu, qui se pose vis-à-vis de ses voisins comme le représentant de la pudeur et de la vertu est toujours profondément ridicule, et il devient odieux quand rien ne justifie chez lui ces hautes prétentions. Quand on traite les étrangers d'immoraux, il ne faut pas soi-même donner prise à la critique, il faut être vraiment moral et vertueux, et ne pas se contenter de s'envelopper d'un accoutrement d'austère puritain, car alors l'*étranger* soulève les plis rigides du manteau de Socrate et s'aperçoit qu'ils ne couvrent que la chemise de Tartufe.

C'est ce que j'ai essayé de faire dans mes *Va-nu-pieds* et mes *Nuits de Londres*, c'est ce que je vais continuer encore dans les chapitres suivants (1).

Charlton villa, 1884.

(1) Ces chapitres ont été écrits et les premières éditions de ce livre ont paru bien avant les scandales révélés par la *Pall-Mall Gazette*.

I

RESPECTABILITÉ

> Le scandale du monde est ce qui fait l'offense
> Et ce n'est pas pécher que pécher en silence.
> (MOLIÈRE, *Tartufe*.)

To be or not to be! s'écria Hamlet. Être ou ne pas être, voilà la question. John Bull l'a posée autrement. *Paraître ou ne pas paraître* c'est ce qu'il faut dire ; question de vie ou de mort sociale. Entre ces deux pôles, s'étalent toutes les nuances de sa rigidité.

Tout faire et n'être soupçonné de rien, point capital. Pouvoir répondre hardiment la main prise barbotant dans le tronc des pauvres : « Voyez, j'y dépose un *souverain* », comble de l'art. Et en cela, il est passé maître. Qu'importe l'opinion intime d'autrui si les apparences sont sauves !

Platon prétendait qu'il y avait huit vertus dans le ciel. C'est beaucoup, quand une seule peut suffire. Il est vrai que ces vertus étaient le soleil, la lune, les étoiles et les cinq planètes connues. Les Anglais s'intitulent le peuple le plus vertueux de la terre, mais leur vertu est aussi sérieuse que celles du firmament de Platon, elle consiste principalement à masquer leurs vices.

Aussi que d'enduits pour couvrir la lèpre! Que de précautions, de soins, de sollicitudes pour envelopper ces vices, crevant ça et là, malgré tout, suintant leur pourriture en dépit des épais bandages évangéliques et des cataplasme religieux. Quelles circonlocutions, quelle prudence qu'elle pudeur en paroles! Ce n'est pas ici qu'on répète avec Hugo :

> O fils et frères, ô poètes,
> Quand la chose est, dites le mot.

Le mot! mais c'est là justement le terrible. Il effraye cent fois plus que la chose, et c'est surtout quand la chose est qu'on ne peut le prononcer.

On sait si les jeunes *misses* flirtent avec passion. A l'âge où Jeanne et Titine viennent à peine de casser leur dernière poupée, Kate et Nelly provoquent aux petits jeux innocents les amis de leurs frères, et ceux-ci malgré l'éducation avancée d'*Eton*, de *Charterhouse*, des *Blue-Coats* ou de *Harrow-on-the-Hill*, désigné dans le monde des écoles sous le sobriquet caractéristique de *Sodome-sur-la-Colline*, sont de beaucoup les plus niais. Nos *horizontales* du boulevard trouveraient à s'instruire au gracieux marivaudage de ces ingénues, tant dans les avances les plus risquées elles savent garder un œil candide et un air indifférent.

Un baiser ne les trouble guère, s'il est donné derrière la porte; et les mains peuvent s'égarer pourvu que les lèvres ne remuent.

Avec la Française l'amoureux ose dire bien des choses. Elle rougit, mais elle est contente et ne commence à se fâcher que quand l'action galope avec le discours. La pudeur de l'Anglaise lui interdit d'écouter une déclaration. Ses oreilles sont *horrifiées* d'entendre le mot amour, mais on peut l'exprimer par gestes. Si l'on parle, tout est rompu.

Vous vous souvenez, n'est-ce pas, de la scandaleuse affaire du colonel Baker? Les vieilles dames du Royaume-Uni en frémissent encore.

Ce scélérat se trouvait seul en wagon avec une aimable voyageuse. N'ayant pas été présentés l'un à l'autre, leur tête-à tête est d'abord plein de froideur et de circonspection. Chacun dans son coin observe l'ennemi. Enfin, le colonel commence l'attaque. La jeune miss riposte bravement. Simples escarmouches d'avant-garde. Elle avance, elle recule, elle avance pour reculer encore, elle flirte de son mieux, et quand le combat est bien engagé, que les feux s'allument sur toute la ligne, elle bat soudain en retraite et fait mine de dormir.

Le vaillant hussard, en capitaine expert, continue silencieusement le siège de la place. Il tâte les points sensibles. Il pousse de hardies reconnaissances à droite et à gauche, devant et derrière, en haut, en bas, bref de tous les côtés. La place cernée, serrée de près, sommeille toujours. L'officier se croit vainqueur. Le moment est venu. Il faut frapper le coup décisif. Assez d'armes légères. En avant la grosse artillerie! Et dans la joie prématurée du triomphe, le voilà qui chante victoire : — *My darling! My ducky!* (ma chérie, mon petit canard).

Mais le petit canard s'éveille soudain... ce n'est plus un caneton, c'est l'oie du Capitole et elle pousse des cris de paon.

Horreur! *For shame! aoh! Shocking*! Elle se jette à la portière et fait un tel tapage, que le malheureux colonel qui, cependant, a battu en retraite, remisé son artillerie dans ses parcs et vainement tenté de capituler, est saisi, traîné en prison, destitué et finalement a couru cacher la honte de sa désastreuse défaite dans la gendarmerie du Grand-Turc.

Voici bientôt dix années et la rancuneuse hypocrisie anglaise ne lui a pas encore pardonné. Après la campagne d'Égypte les officiers adressèrent une pétition pour que Baker-Pacha, alors général, reprit son rang de colonel dans l'armée de la Grande-Bretagne. Aussitôt de tous les points de l'Angleterre arrivèrent des protestations indignées. Une contre-pétition signée par des milliers de dames anglaises et apostillée par autant de vertueux *clergymen* déclara que si le suborneur Baker rentrait dans l'armée, le corps d'officiers serait déshonoré et le nom anglais à jamais flétri, et malgré les sollicitations du prince de Galles, ami intime de Baker, la reine, devant les menaces de mistress Grundy (1), n'osa passer l'éponge sur cette peccadille d'un vaillant officier.

Parmi les lettres contre l'*infâme* Baker

(1) On appelle ainsi l'opinion publique dans ce qu'elle a de plus étroit et de plus intolérant.

que publièrent plusieurs journaux, il en est de bien curieuses. Une dame déclare que toutes les femmes de l'Angleterre ont été insultées par l'insulte faite à miss Diskenson. Une autre est absolument choquée et stupéfiée qu'il ait pu se trouver des officiers de la Grande-Bretagne assez peu soucieux de leur dignité, de leur honneur, de celui de leur uniforme, de la respectabilité enfin, pour aller serrer la main de Baker à son arrivée à Londres, et s'asseoir à la même table que cet homme *innommable*. « Sa présence en Angleterre, écrit une troisième, est une injure à toutes les femmes de la nation » et une quatrième déclare « que prononcer le nom d'un tel profanateur est une grossière indécence. Parler de lui doit être interdit. »

A vrai dire il est peu de sujet de conversation qui ne soit interdit au delà des lieux communs, car il est difficile de traiter les questions les plus anodines sans s'exposer à se heurter à quelque susceptibilité. De là le calme, la gravité, l'ennui pesant des réunions anglaises. Ce n'est pas là que l'on s'échauffe pour des idées que chacun se hâte de renfermer en soi, ni que l'on s'emporte comme chez nous, pour soutenir des théories philosophiques, littéraires, politiques ou religieuses, qui heurteraient celles de respectables voisins, car la première condition du savoir-vivre est de penser comme les voisins respectables ! On a souvent parlé de l'originalité de l'Anglais, de sa liberté d'allure, mais ceux-là seuls qui n'ont connu John Bull que sur le *continent*, ont pu parler ainsi. Tranchant au milieu de nous par ses habitudes de terroir, son attachement à ses coutumes, son accent et jusqu'à son habillement, il peut paraître original, tandis que son impolitesse native, son insolent mépris de l'étranger, même celui dont il est l'hôte, font croire à un laisser-aller plein de franchise et à des excentricités de manières, excentricités qui ne sont que des explosions d'un féroce égoïsme.

Au fond rien de plus banal, de plus esclave des préjugés, de plus courbé sous le joug de l'opinion. Tous semblent taillés sur le même patron, coulés dans le même moule. Même raideur, même froideur du regard, même physionomie impassible, et c'est pourquoi ils diffèrent tant de nous. Et qu'on ne dise pas : la race est ainsi. Cela est faux. John Bull n'est pas venu au monde avec cet air de commissaire des pompes funèbres. Enfant il est charmant. Fillettes et garçonnets anglais sont entre tous adorables. Pas de cheveux plus blonds, d'yeux plus beaux, d'expression plus charmante; pas de sourire plus doux et de rire plus joyeux sur des lèvres plus roses. Jusqu'à dix ou douze ans le bouton s'épanouit. Mais voici venir mistress *Grundy* l'implacable, escortée du *Cant*, de l'hypocrisie sociale, des faux dehors religieux, des conventions abêtissantes, des préjugés imbéciles, des sermons, des psaumes, de la Bible, du *qu'en dira-t-on?* de la *respectabilité* ; elle s'empare de la jeune cervelle, la pétrit et la façonne dans le moule réglementaire.

Les filles, il faut se hâter de le dire, résistent d'avantage à cette asphyxie cérébrale. Plus vives, plus indépendantes, plus éveillées que leurs frères, elles gardent longtemps leur allure individuelle, Il y a chez elles moins de morgue, plus de laisser-aller et de franchise, et chose remarquable plus d'intelligence. Aussi mistress Grundy a-t-elle plus d'efforts à faire que le garçon pour chasser le généreux naturel, mais une fois chassé, à l'encontre du proverbe, il ne revient plus.

« Oh! limace qui baves sur les plus belles fleurs ! chenille venimeuse qui détruis les promesses de la jeune année! ver rongeur qui empoisonne le bourgeon, et change en jaune livide le frais incarnat de la rose (1)! »

(1) Richardson, *Clarisse Harlowe*.

On a dit souvent que l'Angleterre en embrassant les principes de la *Réforme* y avait trouvé l'occasion de développer son indépendance d'esprit. Mais à part les plus grandes audaces possibles en matière de sectes où donc prend on l'indépendance d'esprit des Anglais? Rien au contraire de plus routinier, de moins intellectuellement hardi, de plus imitatif.

En religion — je mets à part le nombre infiniment restreint que Charles Bradlaugh a entraîné à sa suite dans les champs de la libre-pensée — la Grande-Bretagne est à peu près aujourd'hui ce qu'elle était au temps de Cromwell, de Knox, de Wesley, enserrée dans un étau qui retient et écrase toute grande idée, ne laissant place qu'à l'esprit de prosélytisme et à la rage des controverses bibliques.

Ne pas être religieux, c'est être mal élevé. Un gentleman ne peut et ne doit pas être libre penseur. Le *credo* anglican est le *credo* de tout homme qui veut être respectable. Un libre-penseur quelque haut placé qu'il soit perd toute considération dans ce qu'on appelle la bonne compagnie.

En politique ? Que dire d'une nation où il suffit de se déclarer républicain pour être aussitôt mis à l'index comme manquant à la première condition de respectabilité qui est le dévouement et l'admiration pour sa gracieuse Majesté la reine!

Et pour le reste tous se copient ou du moins cherchent à se copier, de bas en haut.

II

Imiter les autres, faire comme tout le monde; voilà le but. Refouler ses élans, cacher ses sentiments, dissimuler ses impressions, car élans, sentiments, impressions, peuvent faire sortir de la gravité prescrite. « Une grande pensée dans le langage, dit un écrivain anglais, P. G. Hamerton, paraît improbable chez nous, parce que nous évitons si soigneusement d'exprimer quoi que ce soit ressemblant à des sentiments élevés, que de tels sentiments seraient vraiment extraordinaires dans un dialogue. »

Mais pour les puérilités que d'engouement! Le *cricket*, le *football*, les noms des vainqueurs des *boat-race*, sont des sujets de conversation jamais épuisés.

Dernièrement les journaux de *Sport* racontaient la vie et la mort d'un chien fameux. Les colonnes de tous les organes sérieux reproduisirent ces articles avec force agrément et longs commentaires Qu'était ce chien? Qu'avait-il fait pour fixer ainsi l'attention du public, remuer une presse, l'oracle du monde. Rien de plus que les autres chiens, il avait bu, mangé, chassé, s'était battu, avait hurlé à la lune, couru la chienne, flatté son maitre, aboyé après les mendiants, rongé les os, gratté ses puces, mais c'était le chien d'un lord, un chien respectable, et dont *tout Londres* avait été engoué dans le temps, parce qu'il avait gagné un prix a une exposition quelconque ou à un combat de chiens. Et non seulement la noblesse et la gentry, mais la petite bourgeoisie, les boutiquiers, les commis de la banque et d'épicerie ne s'abordaient dans la rue qu'en se disant, après toutefois s'être fait part de leurs impressions sur le beau temps ou la pluie : « Vous savez, ce pauvre *Black* est mort? — Oui, ripostait l'autre, c'est bien triste », car il était *respectable* de montrer qu'on s'intéressait, comme tout le monde au sort de l'illustre *Black*.

Deux graves personnages sont assis dans un parc. L'un est chanoine de la haute Église, l'autre un savant professeur de l'université d'Oxford. Ils sont là depuis plus de deux heures, causant avec une animation de jeunes. Sans doute ils traitent quelque point important de l'histoire ou de la science. Erreur! ils discutent les différents coups d'une partie de cricket qui se joue sur la pelouse voisine, et le soir, les trouvera à la même place discutant ou absorbés. Je leur fais l'honneur de croire qu'ils se soucient au fond d'une partie de cricket comme d'une guigne, mais il ne serait pas respectable, sans doute, de ne paraître vivemeut s'intéresser à un jeu national.

C'est surtout en Angleterre que l'on prête aux choses reçues par la mode, adoptées par la *gentry* un engouement factice et une passion conventionnelle atteignant les dernières limites de l'absurde,

Un jour, après un accident, la princesse de Galles boita, toutes les Anglaises de bon ton se mirent à boiter et conservèrent fièrement leur claudication tant que dura celle de la princesse. A la suite d'une névralgie, une haute dame dut se faire couper les cheveux, aussitôt l'on vit une partie des Anglaises tondues.. Un marchand qui veut se défaire d'un rebut de magasin n'a qu'à lui coller une étiquette déclarant que l'objet invendable a été remarqué et admiré par la reine ou le prince de Galles; aussitôt les amateurs se pressent, admirent et enlèvent!

III

En morale comme en toilette le dehors, l'extérieur, ce qui se voit, tout est là, et il n'y a rien de plus. Grattez cette écorce, vous trouverez la moississure; levez ces oripeaux de velours et de soie, vous avez le haillon. Voici sur cette gorge de superbes dentelles, écartez-les, la chemise est sale. Troussez cette jupe festonnée de guipure, le jupon est crotté. Et dans certaines classes, tous se ressemblent, hommes, femmes, fillettes et garçonnets; les bébés seuls sont mieux tenus qu'ailleurs. Qu'ai-je dit? Tous! C'est tout qu'il faut mettre à la place, car tout est marqué à ce cachet : « Paraître ». Le dessus, le dessus! Qu'importe le dessous!

Voyez sur cette table, ces riches albums dorés sur tranche avec une couverture de nacre, d'ivoire sculpté ou d'or. Ils valent assurément dix louis. Prenez-les. L'illusion cesse. Le dessous, non exposé est en vulgaire maroquin, le papier de qualité inférieure. Un côté seul a demandé le travail de l'artiste, celui qui paraît.

Ce que vous estimiez deux cents francs, regardé à l'envers, ne vaut plus cent sous.

A la fenêtre du rez-de-chaussée des petites maisons bourgeoises, l'objet le plus beau de la chambre est en vue, sur un guéridon. C'est une luxueuse bible de famille, un vase, une statuette, une pendule dont le cadran fait face à la rue.

Dans les pauvres familles d'artisans, on étale jusqu'à des jouets, cadeaux de quelque parrain ou d'une tante aisée : navires, arches de Noé, poupées, chalets suisses sont offerts à l'admiration publique. Huit jours avant *Christmas,* tout ménage à enfants expose vaniteusement à sa fenêtre son arbre de Noël.

Il semble que chacun s'efforce d'exciter l'attention du passant et l'envie du voisin : « Regardez comme je suis riche et comme nous faisons bien les choses ici. » De même, la conduite extérieure crie à tous : « Voyez comme je suis vertueux. »

Richesse ou du moins *aisance* et *vertu*, deux conditions de la respectabilité.

« La position sociale d'un Anglais dépend beaucoup du nombre de domestiques qu'il a, et il ne lui est pas possible de jouir d'une considération exempte de toute équivoque, sans un établissement complet. Il n'est pas rare de voir, surtout dans le Nord, des *Squires* entretenir douze à quinze domestiqnes ; je connais quelques maisons où il y en a trente, et tous les soirs à la prière vous pouvez admirer une véritable congrégation de servantes et de laquais. Il y a une maison dans le Yorkshire où, lorsque la famille est *at home*, on ne compte pas moins de cent domestiques. Utiles ou non, ils sont considérés nécessaires à la dignité, et comme dans de telles matières tout dépend de l'opinion, *ils sont nécessaires*. En France, personne ne s'inquiète du nombre de servantes que vous avez. (1) »

L'écrivain anglais, dont je viens de traduire ces lignes, cite avec stupéfaction un conseiller général, officier de la Légion d'honneur qu'il a connu en France, et qui jouissait d'une grande considération et d'une grande influence dans son département. « Imaginez-vous, s'écrie-t-il, qu'il n'avait qu'un jardinier, un domestique et une unique servante !!! En Angleterre, un tel homme ne pourrait aspirer à aucune position politique : il serait méprisé dans sa propre paroisse. Il ne serait personne. »

Passons à l'étalage de morale.

Une après-midi, dans une des ruelles de *Drury Lane*, une belle grosse Irlandaise, ivre de colère et de gin, troussée

(1) Philip. G. Hamerton (*Round my house.*)

jusqu'aux hanches, montrait son derrière, en signe de mépris, à une Anglaise laide et maigre, à la grande joie de la foule généralement peu choisie de ce quartier de Saint-Patrick.

Un clergyman de la haute Église, aussi raide et gourmé qu'un clergyman puisse l'être, passait juste à temps pour être témoin du spectacle. Il détourna pudiquement la tête, mais pas assez vite au gré d'une jeune dame qui marchait à côté de lui.

— *Aoh! Shocking! Disgusting!* fit-elle. Vous avez vu, Harry? J'en suis suffoquée.

— Je n'ai rien vu... qu'une femme ivre, chose commune dans cette paroisse de papistes.

— Oh! Harry, la partie *objectionnable* de son corps était sans costume.

— Voudriez-vous dire qu'il n'était pas même couvert du vêtement de nuit?

— Oui, Harry. Imaginez-vous cela? Est-ce possible?

— Je ne l'ai pas vu, répliqua sévèrement le *clerc des ordres sacrés*. Je *ne dois pas* l'avoir vu. Ni vous non plus, ma chère, vous ne pouvez, vous ne *devez* pas l'avoir vu. Ce serait impropre.

Tel est le fond de la moralité anglaise. Ne pas parler de choses *impropres*, les faire sans avoir l'air d'y toucher, et surtout ne rien voir.

Dépourvu, je l'ai confessé déjà, de ces respectables scrupules, je vais continuer en *immoral foreigner* à dérouler devant le lecteur certains dessous de la *pudique Albion*.

II

LE CABINET DE MISS RABBIT

> Si ta femme, ta maîtresse, ta fille ou ta servante mérite une correction, ne te sers pour la frapper que d'une poignée de fleurs.
>
> (*Proverbe des Ksours du Souf.*)

Je me demandais quel crime avait pu commettre cette jolie petite Nelly Fergusson pour exciter ainsi la colère de miss Rabbit. Nelly est une blonde à l'œil noir ; ses joues sont fraîches et douces à la vue comme les primevères au bord du bois et ses lèvres si rouges qu'on les croirait barbouillées de mûres, si bien que lorsqu'elle conjuguait le prétérit du verbe être avec son gentil accent anglais donnant aux *u* le son de *l'ou*, j'avais envie de les croquer.

Son front est caché par une broussaille

touffue de petits cheveux rebelles qui donnent à sa délicieuse figure ronde un ravissant air mutin. Elle est grassouillette comme une caille en juin et depuis deux ans déjà la couturière est obligée tous les six mois d'élargir son corsage à l'endroit où se logent ses blanches pommes d'amour.

Elle a bientôt seize ans ; c'est donc déjà une grande personne et je l'admirais à travers la porte vitrée qui sépare le *parlour* du cabinet de miss Rabbit, la *head mistress* de l'orphelinat des filles d'officiers pauvres, morts au service de Sa Majesté. Par quelle étourderie une servante novice m'avait-elle introduit dans ce sanctuaire à l'usage privé de la maîtresse de céans pour y attendre l'heure du cours ?

C'est de quoi je ne me préoccupais guère occupé que j'étais ailleurs. Un bruit terrible de tempête m'avait arraché aux annonces du *Times* et comme un larbin indiscret j'avais risqué un œil à un entrebâillement de rideau. Mais ma crainte d'être surpris nuisait au spectacle et les scènes les plus pathétiques furent gâtées par les calculs que je faisais en dedans de moi-même, à savoir combien il me faudrait de sauts pour atteindre, en cas d'alerte, le siège le plus voisin et m'y plonger dans les colonnes du *Times*.

Oui, quoi donc avait pu exciter la colère de miss Rabbit qui ne rit jamais et badine encore moins ? C'est même à cause de sa sévérité et de son inexorable justice que *vestrymen*, *churchmen*, *clergymen*, toute la respectabilité administrative de la paroisse, pénétrés de cet axiome que pauvreté est mère de tous les vices, l'ont, depuis dix ans, choisie pour diriger dans le droit chemin ces jeunes personnes qui, déshéritées des biens du monde, ne peuvent être traitées comme des filles de banquiers.

Sa face a la couleur des vieilles poupées de cire de Mme Tussaud, celles de rebut que l'on dissimule dans les coins, derrières les neuves et qui, après avoir servi de bouche-trous dans la chambre des horreurs, finissent dans les *musées* des Barnum forains où elles sont livrées à l'admiration des foules sous l'étiquette de M. de Bismarck, de Mac-Mahon ou de Louise Michel.

— C'en est trop, s'exclamait miss Rabbit, il faut en finir. Des filles élevées presque par charité n'ont droit à nulle compassion. Nelly Fergusson! Une des plus pauvres de l'orphelinat! La fille d'une veuve qui a huit enfants. C'est une honte en vérité!

— Madame, je vous en prie, répondait

la fillette terrifiée, pardonnez-moi pour cette fois, chère madame!

— Vous pardonner! Quelle outrecuidance! C'est une chose à laquelle je n'avais pas songé encore. Ah! ah! vous pardonner!

Et elle se dirigea avec la raideur d'une marionnette dans un coin de la chambre, prit un objet qu'elle serra contre sa robe, tandis que Nelly sanglotait le visage caché dans ses mains :

« Madame, madame, je vous en prie. » Pauvre petite! J'eus aimé l'entourer de mes bras pour la protéger contre les violences de cette désexée, me placer entre elle et cette furie et, au risque de perdre la demie-guinée que le *Vestry* m'octroyait pour deux leçons de francais par semaine, j'étais presque résolu à crier à cette hommasse : « Laissez donc cette pauvre enfant, vieille chèvre enragée », lorsque d'une voix brève, impérieuse, expression d'une volonté contre laquelle se seraient brisées les supplications des onze mille vierges dont parlent les pieux livres, elle ordonna à la petite Nelly de relever ses jupes et de dégrafer son *inexpressible.*

Ai-je bien entendu?

Hein! Dégrafer... et pourquoi faire? Ne serait-ce donc pas sur ces belles joues roses qu'elle va appliquer des gifles ? J'en restais frappé de stupeur. Le *Times* et ses annonces m'échappèrent des mains. Je ne songeais plus à me ménager une retraite rapide et, oubliant toute prudence je collai l'autre œil à la vitre de la porte.

Oui, tant pis. Dussé-je être découvert et chassé de l'école comme un frère ignorantin, il me faut voir le pantalon de miss Nelly. Mes idées d'intervention s'étaient évanouies. Après tout cette jeune personne avait sans doute mérité une punition exemplaire. Pourquoi serais-je intervenu ? Entre l'arbre et l'écorce... Vous savez le proverbe. Du moment que la digne miss Rabbit, femme sévère mais juste, lui ordonnait d'ôter ses culottes, il valait mieux laisser la justice suivre son cours.

Et je vis son inexpressible, un pantalon comme tous les autres, blanc, en fin calicot avec une petite bordure de fausse dentelle au bas. Il cachait la jarretière, mais laissait découvert un mollet bien dodu tout habillé de bleu. Un drôle de petit tire-bouchon, comme aux polissons qui vont à l'école, frémissait par derrière.

Certes, si miss Nelly eût soupçonné que des regards indiscrets s'arrêtaient sur son inexpressible, elle eût rentré bien vite ce bout de vêtement intime, mais tout entière à sa douleur, elle ne savait que sangloter et dire :

— Madame! oh madame! je vous en prie, ma chère dame,

— *Be quick!* faites vite, répondit sèchement madame, vous vous lamenterez après à votre aise.

Ce que c'est que l'énergie! Cependant, je ne sais pas si je me serais laissé attendrir; je crois que, comme miss Rabbit, j'eusse été impitoyable. Décidément, c'est une femme de tête. Elle a raison après tout. Allons, petite Nelly, je vous aime bien, j'aime à vous entendre conjuguer le prétérit du verbe être, mais il faut obéir et dégrafer culotte. *Be quick! Be quick!* On a beau être gentille, quand on mérite un châtiment, on doit le recevoir. Je ne connais que cela, moi.

C'est *in petto*, bien entendu, que je me disais ces paroles; mais les eussè-je exprimées tout haut, miss Rabbit ne les eût pas entendues, la colère la rendant sourde. Lèvres pincées, œil en feu et face blême, elle répéta :

— *Be quick! Be quick!*

A la vérité, cette petite Nelly était bien longue à se dégrafer.

Alors, voici que d'un autre bout de la chambre s'élève une voix aigrelette. Lentement et sentencieusement elle semble réciter un passage de l'Évangile :

— Les branches mauvaises de l'arbre malade doivent être coupées pour donner plus de force à la sève, et elles sont jetées au feu pour chauffer le bûcheron; ainsi la grâce de Notre-Seigneur Jésus, sève sainte, ne peut pénétrer dans l'âme malade qu'à condition qu'elle ait été, au préalable amputée de ses branches mortes, qui sont les vices, par le glaive tranchant de l'humiliation, lesquels vices sont passés au feu de la honte. Madame, ne pensez-vous pas que plus profitable serait le châtiment, s'il était infligé devant la classe réunie, comme cela se pratique encore dans l'école où j'avais l'honneur d'appartenir avant d'être sous-maîtresse ici.

— Miss Gospel, répliqua sèchement la directrice, je sais ce que j'ai à faire; seulement nous n'en finirons plus avec ces pleurnicheries si vous ne mettez vous-même la main à la besogne.

Miss Gospel s'inclina avec respect et s'avança d'un pas ferme et délibéré comme un soldat qui défile la parade. Grande, étroite, osseuse avec son long cou, son front énorme et ses cheveux coupés courts un peu au-dessous de la nuque, elle avait l'aspect d'un pommeau de canne sortant d'un fourreau de parapluie. Il était facile de voir que même aux jours les plus plantureux du printemps de sa vie, la couturière n'avait jamais eu besoin d'élargir le devant du corsage.

Mettre la main à la besogne, ce fut bientôt fait. Ellen'eut qu'à poser sa dextre sur l'épaule de la victime qui, demi-morte de peur, plia comme un roseau sous le poids d'une grue; et en moins d'une seconde, le pantalon avait glissé jusqu'aux chevilles, tandis que jupes et chemise remontées par dessus la tête laissaient exposé au regard ce que de nos jours on ne montre même plus à M. Diafoirus.

Sans s'attarder à un spectacle dépourvu pour elle d'attrait, miss Rabbit brandit d'une façon terrible une baguette flexible que six fois elle leva et baissa avec force et méthode, marbrant les grasses chairs de cette belle fille de six longues rayures rouges.

III

FILLES FESSÉES

> Que ce ne soit pas la crainte du diable qui vous empêche de faire le mal, mademoiselle cette menace est un propos de bonne femme ou de capucin, qui n'intimide que pour un quart d'heure et qui n'a jamais retenu personne. On oublie son devoir en sortant du sermon, si l'on est attendue avec impatience par son amant. C'est le respect humain, mademoiselle, c'est la crainte de ce monde, et non de l'autre, qu'il faut ne point perdre de vue.
>
> (*Madame de Rieux.*)

Je pensais bien que le chapitre qu'on vient de lire soulèverait des protestations. Mes récits des misères et des débauches de Londres avaient déjà trouvé des incrédules même et surtout parmi quelques-uns de ceux que les haines bourgeoises tinrent pendant dix années en Angleterre, et qui, paraît-il, ayant étudié les mœurs britaniques au *Café Royal* et dans les divers restaurants français et tavernes cosmopolites de Soho Square et de Charlotte street, s'étonnaient que je racontasse des choses inconnues dans ces divers établissements.

« A beau mentir qui vient de loin », dit le proverbe. Mais comme Londres est à nos portes, qu'on peut en moins de dix heures être transporté du boulevard Montmartre au centre de Trafalgar Square, c'était mentir par trop impudemment.

La promiscuitée étalée dans les bouges, les petites prostituées de neuf ans, les scènes de l'Arétin jouées en plein carrefour, les mères offrant leurs enfants impubères, cela se voit un peu partout, mais des filles bonnes à marier recevant le fouet dans les écoles! histoires à reléguer au temps où la reine Anne filait ou dans les contes de Canterbury!

Parbleu, si le fait n'était pas étrange, je n'eusse pas pris la peine de le dire, et peut-être même n'aurais-je pas osé le dire, si je n'avais pu le prouver.

La Cecilia, le premier, il y a quelques dix ans, me le signala. Cet homme extraordinaire qui parlait et écrivait vingt-sept langues, réduit comme tous les proscrits à la portion congrue, donnait alors des leçons de français dans une école de filles du sud de Londres. Traversant un matin un corridor pour se rendre à sa classe, il entendit des supplications suivies d'un bruit ressemblant à ce que nos pères appelaient une *cinglade*, et nous, une forte fessée. Or, comme les jeunes élèves de l'école n'avaient pas moins de douze ans, le châtiment lui parut si extraordinaire en raison de la pudibonderie anglaise qu'il prit, avec toutes sortes de précautions, des informations sur la nature de ce bruit insolite, près de la sous-maîtresse assistant à son cours.

— Oh! répondit-elle en rougissant un peu, c'est une petite fessée (*little whipping*) qu'on a infligée à cette mauvaise tête de miss O'Brien.

Miss O'Brien était précisément une des plus grandes élèves, superbe Irlandaise de dix-sept ans mais qui en paraissait vingt, tant la nature avait pour elle été prodigue.

— Vous ne voulez pas dire, répliqua La Cecilia stupéfait, qu'on a donné le fouet à cette grande fille?

— Parfaitement, « le fouet », comme vous l'appelez; c'est l'usage de la maison.

La Cecilia n'osa entrer dans de plus amples détails, et lorsqu'il me raconta la chose, elle me parut si monstrueuse que je fis comme les anciens clients des *bars* de Charlotte Street, je refusai d'y ajouter foi.

Ce ne fut que bien plus tard, alors que l'héroïque défenseur de Châteaudun, souffrant du mal qui devait le tuer à Alexandrie, m'ayant prié de le remplacer provisoirement dans son cours, je me trouvai à même de reconnaître la véracité du fait.

Il ne faudrait pas croire qu'il s'agit ici d'un épisode isolé, cas particulier à une école dirigée par une vieille fille hystérique qui passe ses rages de chair séchée et les colères de ses attentes déçues en meurtrissant des chairs fraîches ; il est, sinon général, au moins très commun, ainsi que le prouveront surabondamment les pages qui vont suivre.

A plusieurs reprises déjà se sont élevées des protestations indignées de pères et de mères ; mais, comme la pruderie anglaise ne permet pas que l'on touche à des questions de certaine nature, il est *improper* et *shocking* d'en parler, et sous prétexte de ne pas effaroucher les pudeurs extrêmement susceptibles des lecteurs et des lectrices, la presse entière s'accorde à mettre systématiquement la lumière sous le boisseau.

Un journal hebdomadaire, le *Town Talk*, a cependant attaché le grelot, entreprenant une campagne contre ces fessées scolastiques, non pas qu'il les trouve mauvaises en elles-mêmes, — « la fessée a du bon, nos aïeules étaient fouettées et ne s'en portaient pas plus mal : pourquoi nos filles ne le seraient-elles pas? Et il est certainement plus d'une de ces grandes turbulentes, effrontées, impertinentes et paresseuses qui méritent la schlague autant et plus que les garçons », — mais il ne veut pas qu'on la donne en public.

Sous le titre *Indècent whipping*, il publie chaque semaine une ou plusieurs lettres donnant de très intéressants détails sur ce sujet délicat et glissant et, comme disent les Anglais, très *objectionnable*, mais qui apportent d'étonnantes éclaircies dans ce recoin, resté jusqu'ici pudiquement voilé aux étrangers, des dessous de la pudeur britannique.

Tableaux et descriptions y sont tracés avec naïveté et franchise, mais aussi avec une précision telle que, si j'en traduisais littéralement les passages, je ne manquerais pas d'être poursuivi par notre très vertueuse magistrature, pour outrages aux bonnes mœurs.

Nous n'avons pas pris à nos voisins que les *railways*, les *tramways*, le *jockey club*, le *five o'clock tea*, et le *turf*, certains leur ont emprunté leur hypocrisie et comme tous les imitateurs, ont exagéré.

Je vais donc citer quelques-unes de ces

lettres ou du moins en donner les passages les plus saillants.

La première est d'un gentleman nommé G. Ferguson :

« Quant à l'abominable pratique de fouetter les jeunes filles dans les écoles, écrit-il, je veux vous relater ce qui vient d'arriver dans une pension du nord de Londres à une jeune personne dont je suis le tuteur. Elle a dix-huit ans et y fut envoyée pour terminer sa dernière année d'éducation. Un soir, une des plus jeunes du pensionnat, fillette de douze ans, ayant été fort désobéissante, la maîtresse ordonna à ma pupille de fouetter en sa présence la petite dont elle retroussa aussitôt elle-même les jupons. L'autre naturellement, stupéfiée de cet ordre, refusa nettement de l'exécuter. Alors, la maîtresse, après avoir fessé très sévèrement la fillette, conduisit ma pupille dans la classe où sept ou huit autres de ses compagnes travaillaient, leur disant qu'elle allait faire un exemple. Elle ordonna à la jeune fille d'ôter sa robe et son pantalon, la menaçant, si elle n'obéissait pas, d'envoyer chercher le maître d'allemand pour la déshabiller. Affolée, elle céda et fut contrainte de se tenir devant ses camarades dans la plus humiliante et la plus indécente des attitudes, la moitié de ses effets enlevée et l'autre moitié retroussée jusque sur ses épaules, tandis que la maîtresse la frappait avec une verge de bouleau jusqu'à ce que le sang ruisselât sur les cuisses. Alors seulement elle s'arrêta et l'envoya au lit. »

La lettre suivante est signée G. Palmer :

« Pendant mon séjour à la campagne, je mis ma fille dans une école qui passe cependant pour l'une des meilleures de Bayswater. Je dus bientôt l'en retirer, et voici dans quelles circonstances. Les élèves ont de onze à dix-huit ans, ma fille en a quinze, et c'est la coutume de la maîtresse ou sous-maîtresse de service, quand les leçons ne sont pas bien apprises ou même pour des causes encore plus futiles, de fouetter la coupable au milieu de la classe, jupes troussées et pantalon bas, avec une canne et souvent une forte lanière de cuir. Mais ceci n'est rien. Ma fille est arriérée en arithmétique; aussi la maîtresse l'a placée dans une classe inférieure avec six ou sept jeunes garçons, élèves externes. Un jour ma fille et un petit garçon d'environ dix ans ne firent pas convenablement leur devoir; aussitôt après la leçon la sous-maîtresse les conduisit à la directrice qui ordonna la peine du fouet; elle les mena dans sa chambre et malgré les pleurs de ma pauvre fillette qui suppliait qu'on ne a fouettât pas devant le petit garçon, et d'égales supplications de celui-ci pour ne pas l'être devant une fille, ces deux femmes, après avoir déculotté le garçon, relevé sa chemise, puis mis presque à nu ma pauvre enfant qui se défendait de toutes ses forçes, les couchèrent tous deux sur un sopha et les fouettèrent avec une canne, de la plus cruelle façon. »

Troisième tableau.

Il est signé *Pater familias.* L'auteur a craint sans doute de se compromettre, car il peut passer pour le bouquet. « Fouetter, dit-il, n'est pas une mauvaise chose, si la punition est infligée en secret. Je ne suis pas pudibond et ne fais pas de sensiblerie et je n'interviendrai jamais pour ma part, si une mère de famille ou une maîtresse de pension juge nécessaire d'infliger *in strict privacy* à une fille ou une élève réfractaire, eût-elle dix-huit ans, la bonne vieille fessée de nos aïeux (*old fashionned whipping*). Nous savons que ces demoiselles sont souvent turbulentes, désobéissantes, mauvaises têtes. Le châtiment en question est salutaire, efficace, et ne me paraît pas le moins du monde indécent, appliqué avec discrétion. Ce n'est pas plus inconvenant qu'une fille soit fouettée en privé par une femme qu'un garçon par un homme ; peut-être moins. Mais fouetter de grandes filles devant leurs compagnes est, je le déclare, hautement inconvenant (*grossly improper*). Les fouetter devant des hommes est absolument horrible. C'est une pratique que la législation ne devrait pas tolérer plus longtemps. Et j'ai le regret de l'avouer, la chose existe, et plus j'ai pris des informations près de mes amis, plus je l'ai trouvée commune. Dans une école religieuse de premier ordre (*high class and religious school*), j'ai appris de la bouche même d'un ami intime que sa fille, une jeune et belle personne de *dix-neuf ans* et à la veille de se marier, fut fouettée avec une branche de bouleau devant toute l'école, en présence du vicaire de la paroisse. »

Je pensais qu'après ceci on pouvait tirer l'échelle, mais à mesure que l'on s'avance dans ces mystérieux recoins, le panorama se déroule pittoresque et varié.

Quatrième tableau.

De plus fort en plus fort comme chez Nicolet.

C'est une dame, cette fois, qui écrit, et ses renseignements n'en sont que plus précieux. Elle déclare qu'étant depuis huit années dans l'enseignement elle est par conséquent en position de parler avec autorité. La fessée, selon elle, est indispensable pour maintenir la discipline. Les élèves crient des pensums, et les retenues, outre qu'elles sont nuisibles à la santé en privant les enfants d'exercice et du grand air, deviennent une vraie farce dont les malheureuses sous-maîtresses sont les premières victimes. Mais laissons la parole à cette dame :

« Au pensionnat que pendant plusieurs années je dirigeais en second, nous n'infligions la peine du fouet que pour de sérieuses offenses : conversations indécentes dans les dortoirs, lecture de livres prohibés (faute très commune), surprise de billets doux ou de conversation secrète avec des jeunes gens ou de petits garçons, mensonges incessants ou paresse invétérée. Le châtiment était infligé soit par la directrice, soit par une sous-maîtresse en sa présence, et un jour après la faute pour donner le temps de la réflexion.

« Le lendemain matin donc, la prière faite, la coupable était mandée dans le cabinet de la directrice qui lui ordonnait de se dépouiller de tous ses vêtements sauf la chemise. Une servante se trouvait là pour prêter main-forte. La dite servante la plaçait alors sur un canapé dans la posture obligatoire pour recevoir sur sa personne nue (*on the bare person*) six à dix-huit coups de baguette.

« La directrice frappait de telle sorte que souvent la jeune fille demandait grâce au premier ou au second coup ; mais je vis une fois une fillette de quatorze ans en recevoir douze vigoureux sans faire entendre la moindre plainte, tandis qu'une forte et solide gaillarde de dix-huit ans poussa des gémissements au premier. Elle cria et hurla pendant toute la durée du supplice, mais comme elle était punie pour un acte d'immoralité, elle dut le subir jusqu'au bout. Dix-huit coups lui rayèrent le bas des reins.

« La punition de ces deux pensionnaires eut lieu en même temps dans le cabinet de la directrice, mais la plus jeune étant passée la première sous la verge s'amusa fort, tandis qu'elle remettait ses vêtements, des cris et des contorsions de son aînée exécutée en sa présence. C'est même à partir de ce jour qu'on décida que les demoiselles ne seraient plus fouettées les unes devant les autres, car on s'était déjà aperçu que beaucoup d'entre elles se seraient volontiers soumises à une fessée, à condition de voir fouetter leurs camarades. « Ces jeunes personnes sont parfois si étranges! » s'exclame la vieille dame.

Elle continue en déclarant que l'âge où le fouet agit le plus efficacement sur les filles varie entre 15 et 18 ans. « C'est l'époque, dit-elle, où les passions fermentent, prennent de la force, et il faut user d'un traitement radical. Pour les plus jeunes, quelques coups de baguette bien appliqués sur le gras des jambes ou des bras produit d'ordinaire l'effet désiré. Naturellement il n'est pas possible d'établir une règle quant au nombre de coups. Tout dépend des tempéraments et des caractères. Deux filles recevant le fouet ne se conduisent pas toutes deux de même façon sous la douleur ; les unes ont la chair plus sensihle que les autres, mais en général, un coup par année est ce qu'il y a de plus équitable et de plus logique. Ainsi douze coups pour une fillette de douze ans. Une de trois lustres en recevra quinze, et ainsi de suite. »

A cette théorie si simplement exposée, je n'ajouterai pas un mot, jugeant tout commentaire superflu.

IV

LA DOMPTEUSE DE FILLES

> O combien il y a d'écolières qui voudraient que fesserie fût éteinte, et que l'on n'en parlât non plus que de noces en paradis !
>
> (*Le moyen de parvenir.*)

Ce n'est pas si facile qu'on pourrait le croire de dompter les jeunes *misses* et depuis mes *Chroniques* (1) sur les fessées administrées dans les pensions anglaises aux petites et grandes demoiselles récalcitrantes, le *Town Talk* qui a rompu avec la respectabilité et la pudibonderie ordinaires des organes britanniques, a ouvert ses colonnes à une polémique sur cet important sujet d'éducation.

(1) Ces chapitres ont paru en chroniques hebdomadaires dans le *Réveil*.

Pères, mères, institutrices ont écrit, les uns pour se plaindre, les autres pour demander que les choses restassent dans le *statu quo*. D'honnêtes matrones ayant reçu le fouet dans leur enfance et leur adolescence et ne s'en étant pas plus mal portées depuis, demandent avec aigreur pourquoi leurs filles seraient exemptées de cette petite correction.

C'est ce qui s'appelle être conservateur jusqu'au bout des doigts; et comme l'Angleterre est avant tout le pays des excentricités, on devait s'attendre à une foule de discussions sur ce thème, pourtant bien scabreux à étaler aux yeux du public.

Les partisans de la fessée, les seuls dignes de nos études, se divisent en deux camps : les uns, les timides, la veulent privée, au coin du feu, sur le lit de la maîtresse d'école, dans le secret de l'intimité comme toutes les vraies joies de la famille; les autres, et ce sont les plus nombreux, la désirent publique.

Voici les objections d'une maman en faveur de cette dernière forme. Je n'ai pas besoin de dire que je traduis textuellement du journal précité, portant la date du 30 décembre. Ce n'est plus une primeur, mais il est des fruits qui sont toujours de saison.

« Je suis fortement en faveur de la fessée

publique, écrit cette dame, parce que la publicité est le meilleur préservatif des excès. Une femme est généralement beaucoup plus cruelle qu'un homme dans le châtiment qu'elle inflige. Il n'y a rien chez elle de la justice calme, mêlée de dégoût, si visible chez le principal de nos grands collèges lorsqu'il se sert de la verge. Une de mes amies, sous-maîtresse dans un pensionnat de filles, m'a affirmé que la directrice fouettait en privé ses plus grandes élèves avec une telle violence, que le sang ruisselait sur les cuisses; et il arrivait souvent que comme préliminaire au supplice cette dame exposait pendant une heure les jeunes personnes dans la posture traditionnelle, avant de leur donner le fouet. C'est un fait physiologique bien connu, que la vue du sang a un plus grand effet sur les femmes que sur les hommes, elles éprouvent d'abord un sentiment pénible, mais bientôt s'endurcissent et s'échauffent. La fessée publique, au contraire, est toujours accomplie avec une formalité froide, et la présence des sous-maîtresses et des élèves tempère les excès.

» Dans les écoles de jeunes garçons tenues par des femmes, toute fessée privée devrait être défendue. En maints endroits, on a vu, derrière la punition, le vice se glisser. Parents, soyez avertis! En outre, la crainte d'une scène ridicule pousse les enfants à se soumettre tranquillement à un châtiment public, tandis qu'en particulier, ils résistent, se défendent et s'exposent ainsi à d'indécentes luttes et à d'indécents étalages. Tous les parents devraient apprendre à leurs enfants à supporter la souffrance bravement et sans plainte. J'ai connu une jeune fille qui s'est laissé amputer de deux doigts sans pousser un cri; et comme on louait son courage, elle répondit : « Étant à l'école, j'ai enduré beaucoup de fessées qui m'ont fait bien plus de mal que cette amputation, et je gardais le silence, car si l'une de nous criait ou gémissait, toutes ses camarades se moquaient d'elle et la tourmentaient pendant le reste de la journée. »

Prôner le fouet comme moyen d'augmenter le courage et la résistance à la douleur, ne pouvait entrer que dans les cervelles britanniques !

Et maintenant laissez-moi vous décrire une fessée exécutée selon les minutieuses règles de l'art.

Je fais bien observer aux lecteurs que c'est une maîtresse de pension qui parle, que je traduis textuellement la lettre comme j'ai traduit les précédentes, et que je renvoie ceux qui me taxeraient d'exagération au numéro 156 du *Town Talk*.

« Je dirigeais avec succès depuis dix ans une grande école de demoiselles lorsqu'un jour, une vieille amie à moi, une veuve, me demanda la faveur de prendre sa fille qui, en l'espace de dix-huit mois, avait été chassée de trois pensionnats à cause d'un caractère si indomptable que personne ne pouvait en venir à bout.

» J'avoue que ce fut avec répugnance et hésitation que je consentis à m'en charger. Avant de me quitter, mon amie me prévint que sa fille avait été fouettée très sévèrement dans son dernier pensionnat, mais que cela semblait l'avoir plutôt endurcie que corrigée; néanmoins elle me laissait toute latitude d'agir à ma guise.

» Quelques jours après, m'arrive une forte et vigoureuse luronne de quinze à seize ans, très jolie et très développée. C'était miss Arabella. Dès le premier jour, sa conduite fut abominable (*unruly and disgraceful*).

» Après l'avoir réprimandée sérieusement et vainement à plusieurs reprises, je lui ordonnai de me suivre dans mon cabinet et, la jetant en travers sur mes genoux, je la troussai et la fouettai vigoureusement avec ma pantoufle. Elle ne fit que rire.

» Sa conduite ne changeant en rien, et, voyant qu'il fallait en arriver aux grands moyens, je la pris dans ma chambre à coucher, lui ordonnai de se dévêtir, de s'allonger sur mon lit et alors je lui donnai de toutes mes forces sur le bas des reins dix coups de la verge dont je me servais pour les petites filles.

» Ce châtiment lui cuisit fort, mais elle emporta sa cinglade en me riant au nez. Je sus peu de temps après par une des sous-maîtresses qu'elle en avait fait des gorges chaudes avec ses camarades en leur détaillant les péripéties.

» Sa conduite devint bientôt si insupportable, que je la prévins, après avoir encore essayé la douceur et l'avoir gentiment réprimandée, que si elle continuait, je me verrais forcée de la fouetter publiquement devant la pension réunie. Décidée à me braver, miss Arabella fut, dès le lendemain, plus indisciplinée que jamais, à tel point qu'à la fin de la classe elle jeta son livre à la tête de la maîtresse de français. C'était trop. J'allai au jardin, je choisis de fortes branches de bois vert dont je façonnai une verge. Je pris ensuite une de mes robes et la fendit de chaque côté, par derrière, depuis la taille jusqu'au bas.

» Puis aidée par mon mari, je fis les préparatifs suivants : un grand et solide pupitre dont je me servais pour mes leçons fut placé au bout de la classe avec une chaise haute à côté. Sur le pupitre et sur la chaise je fixai un coussin.

» Aussitôt que les élèves et les sous-maîtresses, à l'exception de l'institutrice française qu'Arabella avait insultée, furent entrées, j'envoyai chercher Jane, ma femme de charge, solide matrone de trente-cinq ans, puis ayant fait avancer Arabella, je lus à haute voix le détail des méfaits dont elle s'était rendue coupable, et déclarai que, avec l'approbation de toutes les sous-maîtresses présentes — ici, elles se levèrent et saluèrent — j'étais déterminée à fouetter la coupable devant toute l'école.

» Deux sous-maîtresses prirent alors miss Arabella, la conduisirent dans la pièce voisine, lui ôtèrent ses vêtements, *moins un*, retroussèrent ce dernier au-dessus de la taille, l'y fixèrent par un cordon, la vêtirent de ma robe, et ainsi accoutrée, l'introduisirent.

» Je lui ordonnai de s'agenouiller sur la chaise et de se courber sur le pupitre, où je l'attachai par les bras et le haut du corps avec de fortes courroies ; j'attachai également ses jambes à la chaise. Et lorsque la jeune personne fut ainsi placée, faisant face *par le dos* aux élèves, les sous-maîtresses allèrent lentement se mettre à la tête de leurs classes, me laissant avec ma femme de charge près d'Arabella.

» Je me levai alors et dis : « J'ai décidé que miss Arabella recevrait quinze coups de verge, et comme je ne veux qu'aucun sentiment de colère entre dans ce châtiment, Jane frappera sous ma direction. »

» Evidemment Arabella n'était pas à son aise, cependant elle eut l'audace de rire et de faire des grimaces à ses camarade en tournant un peu la tête et disant des impertinences que je feignis ne pas entendre.

» Jane se plaça à gauche, retroussa ses manches, prit la verge de bois vert, tandis qu'à droite, je relevais jusqu'aux épaules le morceau de robe dont j'avais décousu les lés, et l'exécution commença. La coupable cria, pleura, demanda grâce; je fus inflexible. Elle reçut ses quinze coups. Puis aidée par Jane et les sous-maîtresses, je rajustai sa robe, la détachai, et tandis qu'elle sanglotait convulsivement, je la conduisis dans une chambre où je lui fis donner un verre de vin de Porto, et où pendant deux jours sur ses supplications, je lui permis de rester et d'avoir ses repas. Le troisième jour, elle reprit sa place dans la classe.

» — Qui de vos lecteurs peut appeler cela une indécente fessée? ajoute naïvement l'excellente dame. Peut-être objectera-t-on que la correction a été trop sévère, mais il faut se rappeler que de plus douces mesures n'ont pas eu d'effet et surtout qu'à partir de ce jour jusqu'aux vacances — l'espace de trois mois — cette demoiselle si intraitable n'a plus donné lieu à une seule plainte ! »

La fin justifie les moyens.

V

DOCUMENTS HUMAINS

> Là commençai à penser qu'il est bien vrai ce que l'on dict, que la moitié du monde ne sçait comme l'aultre vit. Vu que nul avoit encores escript de ce pays là. ...
>
> (RABELAIS.)

Je n'aurais certainement pas ramené sur le tapis ce sujet grassouillet et délicat si le récent pamphlet de l'auteur anonyme de la *Voisine de John Bull* ne m'y avait poussé. Cet aimable voisin, outre qu'il nous gratifie de toutes les laideurs physiques et morales et de tous les vices publics et privés, accuse les maîtresses de pension françaises de faire un abus immodéré du fouet. « C'est, dit-il, la punition ordinaire pour filles petites et grandes. » Si, en effet, on peut encore dans certaines écoles congréganistes donner quelquefois la fessée à des enfants au-dessous de dix ans, je ne pense pas qu'il soit jamais arrivé, quelque envie que puissent en avoir parfois les bonnes sœurs, d'infliger cet humiliant châtiment à des jeunes filles de seize à dix-huit ans, et surtout, comme le cas se présente, paraît-il, quelquefois, d'après ce que nous avons vu précédemment, sous les yeux du vicaire paroissial !

Donc, ce que l'enquête commencée et poursuivie par le *Town Talk* en dépit des cris d'indignation des vieilles dames et surtout des vicaires, a pleinement démontré que cette antique habitude de la *cinglade* n'est pas particulière aux écoles de filles, avec ou sans l'approbation des parents — car il est reconnu par un nombre formidable de pères et de mères de famille, que le fouet est absolument logique, rationnel, *moral* et surtout efficace à l'égard des grandes demoiselles récalcitrantes et de plus, une institution respectable, ancienne et vraiment nationale — mais que la chose est pratiquée plus qu'on ne le croit généralement par des matrones hypocondriaques et de vieilles vierges hystériques à l'égard de leurs jeunes servantes, et qui éprouvent, paraît-il, un plaisir sadique à repaître leurs regards des contorsions et des souffrances de la victime.

J'ai dit institution ancienne et vraiment nationale, et pour beaucoup de mes lecteurs j'ai l'air de faire une mauvaise plaisanterie; rien, néanmoins, n'est plus vrai et plus sérieux. Les récits abondent, prouvant l'antiquité et le respect attaché à cet usage tout saxon. Au siècle dernier, les filles de toutes classes et de tous âges, petites marquises ou petites paysannes, étaient fouettées par leur mères jusque bien au-delà de leur nubilité, jusqu'au-delà de leur adolescence, jusqu'à la veille de leur mariage même, et l'on vit quelquefois de désobéissantes et têtues célibataires de 40 à 45 ans, fouettées par les vieux parents. Ceux qui doutent de la véracité de ces faits n'ont qu'à consulter la littérature de cet époque et particulièrement la vie du célèbre docteur Johnson.

Pas de matrone d'alors n'était jugée bonne et digne mère, soucieuse de ses devoirs, si elle ne savait appliquer le fouet avec vigueur et sévérité, et les dames du plus haut rang, les reines de la mode, tiraient entre elles vanité de leur habileté et de la grâce merveilleuse avec laquelle elles administraient une vigoureuse fessée. Elles se donnaient quelquefois de petites représentations, s'invitant les unes et les autres dans leur boudoir pour étaler leur art, comme à une sorte de concours dont le derrière d'une servante, d'un page ou d'une fille de charité faisait le spectacle et les frais.

Il n'y a pas bien longtemps, c'est-à-dire au commencement de ce siècle, les enfants et adolescents des deux sexes des orphelinats, dont les matrones ou directeurs avaient à se plaindre, étaient fouettés de la blanche main des *ladies* investies du patronage de l'établissement, et qui visitaient à cet effet la maison une ou deux fois par semaine. Et la pauvre fille de chambre qui, en coiffant sa maîtresse, lui arrachait maladroitement quelques cheveux, était certaine de recevoir aussitôt sur la partie *objectionnable* de son individu une correction manuelle, aussi bien que le groom qui répandait une sauce ou brisait un flacon.

Voilà certes des documents humains, et, je le répète, ils abondent, et le curieux sceptique qui sait bien ce que cachent la cuirasse de carton de l'hypocrisie moderne et les piètres mensonges de ce que nous appelons les convenances sociales, peut fouiller, sans jamais craindre de revenir bredouille, les fourrés et les bruyères de l'histoire des mœurs des *classes diri-*

cantes du passé, car il y apprend à chaque découverte comme il faut rire des vertus de celles du présent.

Et ainsi que le disait J.-B. Rousseau :

Ce monde-ci n'est qu'une œuvre comique
Où chacun joue un rôle différent,
Là, sur la scène, en habit dramatique,
Brillent prélats, ministres, conquérant.
Pour nous, vil peuple, assis au dernier rang,
Troupe futile et des grands rebutée,
Par nous, d'en bas, la pièce est écoutée.
Mais nous payons, utiles spectateurs
Et, quand la farce est mal représentée,
Pour notre argent, nous sifflons les acteurs

. . . . . .

VI

LETTRES ÉDIFIANTES

> Ici je ferai fin à ce livre; la teste me faict un peu de mal, et sens bien que les registres de mon cerveau sont quelque peu brouillés de cette purée...
> (RABELAIS.)

« Au fond, il n'y a ni crimes, ni délits; tout n'est que convention, écrivait Aurélien Scholl. Les boulevards, les rues, le Palais de Justice, les prisons, les églises, ne sont que des décors. » Effaçons le mot *crime* et laissons l'autre, le *délit*, qui n'est qu'une infraction à une loi, votée souvent par une poignée d'imbéciles, ou d'hypocrites, ou de vicieux; ou une infraction à la morale du jour, aussi variable et élastique que la conscience des juges qui, en tant que *délit*, n'existe que suivant l'interprétation que trois bonshommes plus ou moins éclairés, plus ou moins ennuyés, prévenus ou tartufes, donnent à ce texte de loi.

Et la preuve est que le même acte condamné par un tribunal est absous par le tribunal voisin, et qu'un fait qualifié outrageant les bonnes mœurs dans un pays est prôné dans celui d'à côté comme indispensable au maintien des bonnes mœurs.

Affaire de mode, d'appréciation, de milieu, des préjugés, de point de vue, d'époque.

Nulle idée d'indécence n'était autrefois attachée à la peine du fouet en public. C'était la punition légale et ordinaire pour quantité de délits. Le coupable, homme ou femme, était dépouillé de ses vêtements, lié derrière une charrette et exposé ainsi jusqu'à ce que l'exécuteur accomplît son œuvre. Sous le règne d'Élisabeth, un décret du Parlement ordonna que tout vagabond — *mâle* ou *femelle* — fût fouetté en place publique les jours de marché jusqu'à ce que le corps fût en sang.

Jusqu'en 1817, femmes et jeunes filles reçurent ainsi le fouet avec la sanction de l'aristocratie, de la magistrature et du clergé. Ce ne fut que vers cette époque que l'opinion s'éleva contre ces exécutions sur les femmes nues en présence des hommes, et le Parlement les fit cesser, du moins publiquement, car elles continuèrent dans les prisons longtemps après.

Je ne parle pas, bien entendu, du *chat à neuf queues*, martinet à neuf lanières de cuir, encore en usage dans les geôles, qui l'était aussi il n'y a pas dix ans dans l'armée et la marine, et ne s'applique que sur le dos et les reins, mais du vrai fouet dans son cynisme brutal et grossier, l'indécente fessée enfin.

Et cependant, voilà qu'un gentleman de la vieille roche s'indigne de cet adjectif *indécent* accolé au substantif *fessée*, et s'en plaint dans une lettre. Je copie :

« Voulez-vous, mon cher monsieur, me permettre de vous faire observer que l'épithète d'*indécent* ne devrait s'appliquer que dans le cas où des filles sont fouettées par des hommes et de jeunes garçons par des femmes, surtout si filles et garçons sont pubères. Alors c'est une grossière indécence et j'espère que votre voix s'élèvera pour détruire une telle iniquité. Mais quelle indécence y a-t-il à ce que le fouet soit infligé par des personnes du même sexe ? Les jeunes filles des pensions et des écoles sont accoutumées à se voir nues les unes les autres au dortoir et au bain. Rien donc d'indécent à ce qu'on fouette une compagne en leur présence. La majorité de nos correspondantes, maîtresses de pensionnats, s'accordent à reconnaître qu'une fessée en public est plus efficace qu'en privé. Et à l'appui de ceci, permettez-moi de terminer en altérant légèrement Shakespeare :

How oft the sight of the reward of ill
Makes good deeds done !

» Que de fois la vue des suites du mal fait naître les bonnes actions ! »

Cette étude sur l'*objectionnable* des jeunes Anglaises est plus longue que je ne pensais la faire, et je croyais avoir complètement épuisé le sujet dans mes précédents chapitres. Grave erreur, je n'en étais qu'aux préliminaires, car ce que j'ai écrit ne pourrait guère servir que d'avant-propos et d'introduction à ce que j'aurais encore à dire si je voulais tout raconter.

Si j'ai ajouté un nouveau chapitre, c'est que force lettres sont venues me relancer dans ma solitude du *Kent* pour m'engager à poursuivre, mais j'ai dit dans un précédent chapitre le motif qui m'empêchait non seulement de donner des détails, mais de simplement traduire ce qui ouvertement se publie dans la pudique Albion.

« Il n'y a pas un crime, dit encore Aurélien Scholl, dont l'exemple ne soit donné d'en haut. » J'ajoute : ni une folie, ni une sottise, ni une excentricité, ni un vice, ni une aberration.

Je parlais d'honnêtes et hautes dames qui éprouvent un singulier plaisir à fouetter les petites pauvresses, les grooms et les filles de chambre, et voici que je trouve dans l'*Histoire de la Verge* (*History of the Rod*), par un clergyman de l'Église anglicane, le révérend W. M. Cooper, à la page 257 — vous voyez que je ne cite pas de mémoire et que je mets les points sur les *i* — que l'impératrice de Russie, celle que l'histoire a appelée la grande Catherine, raffolait de ce petit divertissement : « Elle ne dédaignait pas de se servir personnellement de la verge et, par le fait, la *cinglade* (*whipping*) était pour elle un passe-temps ou plutôt une passion. Elle fouettait ses filles de chambre, ses habilleuses, ses cuisinières, ses pages, ses valets de pied, lorsqu'elle était ennuyée et trouvait à cet exercice un grand confort et une amusante distraction ; les filles étaient hissées sur le dos des laquais, et les laquais à leur tour sur le dos des filles... » etc., etc. Glissons et n'insistons pas, car j'ai hâte d'arriver à mes lettres édifiantes, non celles que j'ai reçues, mais celles encore cueillies çà et là dans le *Town Talk* et que je livre *expurgées* comme les vieux livres à l'usage du dauphin, afin de compléter l'édification du lecteur sur l'éducation donnée aux demoiselles du Royaume-Uni.

La première, celle d'un autre gentleman qui signe gravement *a married man of forty* (un homme marié de quarante ans) sans doute pour se donner un plus haut caractère de sérieux et de respectabilité, trop longue et contenant des passages trop *objectionnables* pour être entièrement traduite, se termine ainsi :

« Je n'hésite pas à déclarer que la fessée est nécessaire à la fois pour les garçons et les filles, mais au-dessus de 9 ou 10 ans elle doit être infligée par une personne du même sexe, *autant que faire se peut*. Je ne vois cependant nulle indécence à ce qu'une femme de trente-cinq ans fouette un garçon de douze ou treize ans ni à ce qu'un père fouette ses filles, quand il en voit la nécessité, à moins toutefois qu'elles n'aient pas plus de seize à dix-sept ans. J'ai moi-même fouetté plusieurs fois les miennes, et ai obtenu de bons résultats.

» Mais de même que je crois à la nécessité et à la bienséance (*propriety*) du fouet avec la main, je dois emphatiquement déclarer que, excepté pour les garçons au-dessus de douze ou treize ans, la verge de bouleau est beaucoup trop cruelle et que son application sur les filles est, à mon opinion, brutale. La fessée manuelle sur la partie nue de la coupable, est assez sévère, et j'en ai de nombreuses preuves par ma femme, propriétaire d'une école de demoiselles. » Suit la description détaillée de plusieurs de ces châtiments que je n'oserais donner ; puis le bonhomme continue avec flegme :

» Plus d'une forte fille de dix-sept ou dix-huit ans pousse de véritables hurlements en recevant cette punition, qui a l'avantage de ne laisser d'autres marques que des rougeurs passagères sur la peau blanche. »

L'homme marié de quarante ans a la bonté d'informer ses lecteurs que naturellement il n'a jamais été témoin de ces exécutions, et « cependant, continue-t-il, je fus une fois, et une fois seulement, appelé pour fouetter une des élèves de ma femme, et comme cette jeune personne avait commis une faute d'indécence, je ne pense pas être à blâmer. Je la conduisis dans ma chambre, et avec l'aide d'une fille de service, m'étant assuré de sa personne, je levai ses vêtements, mis à nu la partie inférieure de son dos, et lui donnai le fouet de ma propre main.

» Aucune des autres élèves ne l'a

jamais su, c'eût été une humiliation inutile et, quelque temps après, la mère de la jeune demoiselle vint m'adresser pour ce fait des remerciements chaleureux. »

Je le répète, j'ai passé une partie de la lettre dont il m'eût été impossible de donner la traduction, mais je renvoie les lecteurs qui lisent l'anglais au numéro du 26 avril du *Town Talk*.

Voici une correspondance plus récente parue dans le numéro du 14 juin ; celle-ci est d'une mère de famille qui raconte un cas de sa propre expérience, et donne le fait, dit-elle, sans commentaires. Il n'en est, du reste, pas besoin.

« Mistress A... se plaignit au révérend M. B... de la mauvaise conduite de sa fille aînée, Isabel, âgée de quinze ans. Elle avait commis une faute sérieuse et méritait le fouet. Mais miss Isabel, belle et forte fille, déclina de recevoir le fouet ; aussi mistress A... pria-t-elle le clergyman d'officier en cette circonstance à la place du père défunt.

» En conséquence, miss Isabel fut appelée et engagée à s'étendre sur le sopha et à relever ses jupes. Elle refusa ; le recteur alors s'empara d'elle, la jeta sur ses genoux, et la frappa de sa canne sur toutes les parties du corps qu'il pouvait atteindre, pendant la lutte. Ceci, lui fut-il dit, était seulement pour la châtier de son impudence ; maintenant, elle devait se soumettre à la punition méritée pour sa faute. Bret elle eut à retirer son pantalon, à se placer elle-même en position (*place herself in position*) et à recevoir sans plus de résistance la vieille *cinglade* (*an old fashionned spanking*), d'abord de la main du révérend M. B... et ensuite de celle de mistress A... La douleur fut cuisante, mais, naturellement il n'y eut nulle injure physique (*no physical injury*) et Isabel dut, dans cette ignominieuse position, remercier sa mère et l'ami de sa mère, après on lui permit de rajuster ses vêtements et de se retirer. La mère a déclaré que, depuis, sa fille était complètement changée et devenue une jeune personne accomplie. »

On le voit, les lettres que publie hebdomadairement le *Town Talk* apportent de piquantes révélations sur les dessous de la société anglaise, et montrent naïvement ce qui se cache derrière ses décors d'honnêteté et de décence.

Les jeunes *misses*, beaucoup plus délurées que nos demoiselles, moins niaises et plus indépendantes donnent, paraît-il, du fil à retordre aux maîtresses de pension. Ce ne sont pas de petites brebis que le pasteur ou la pastourelle conduit paisiblement ainsi qu'un docile troupeau, mais des chevrettes récalcitrantes et fantasques bravants l'autorité, faisant tapage et flirtage en dépit du *qu'en dira-t-on*.

« Personne, excepté ceux qui ont charge de filles, écrit piteusement un autre correspondant qui signe *Pro Rod* (Pour la trique), ne peut savoir combien elles sont désobéissantes, turbulentes, déréglées ; et à moins que la maîtresse qui les dirige n'ait tous pouvoirs sur ses élèves elle doit abandonner l'espoir de se faire obéir. »

Aussi nombre de matro nes s'acrochent-elles à la verge séculaire c omme à un bâton de commandement, prét endant que, si elle était plus en usage, il ser ait plus aisé de maintenir la discipline, spécialement chez les grandes demoiselles, et que celles-ci surtout ont plus besoin du fouet que les petits garçons.

« Il est absurbe de s'imaginer qu'une grosse et impertinente fille de seize ans (*sturdy young hussy of sixteen*), écrit une directrice d'école publique, peut être corrigée par des pensums ou des remontrances; une souple et solide br anche de bouleau est ce qu'il y a de mieux, particulièrement si on la trempe au préalable dans l'eau pour en augmenter les propriétés mordantes, et à défaut une canne de jonc d'un *penny* ou même une cravache de dame, pour les jeunes personnes très développées. Une lanière écossaise en cuir (*tawse*) n'est pas à dédaigner. Et quand on s'en est servi pendant quelque temps, sévèrement, sans faiblesse, à nu, et sans crainte d'injurier la santé de la délinquante, rien que la menace d'une expérience nouvelle fait rentrer les plus récalcitrantes et les plus arrogantes dans l'humilité et le devoir. »

Je termine, car je suppose les lecteurs pleinement édifiés.

Au cas contraire, je leur répondrais comme maître Alcofribas : « *Bonsoir, messieurs,* PARDONNATE MI ; *et ne pensez tant à mes faultes que ne pensez bien ès vostres... Si vous me dictes : « Maistre, il semblerait que ne fussiez grandement sage de nous escrire ces balivernes et plaisantes moquettes ; » je vous respond que vous ne l'estes guères plus de vous amuser à les lire.* »

VII

PENSIONNAIRES

> Je crois que l'on trouvera *mes* petites Anglaises un peu trop libres, un peu trop hardies, exagérées, chargées, en un mot hors nature, et, en conséquence, que l'on croira devoir tirer de cette histoire (fondée sur des faits d'une authenticité incontestable), cette conclusion qu'elle est une censure des mœurs anglaises.
>
> JUSTIN AMERO
> (*Les jolies filles de Grovenhill*).

On comprendra facilement, d'après les documents qui précèdent et dont je laisse toute la responsabilité à la feuille qui la première les a livrés au public, que la modestie des jeunes pensionnaires doit avoir quelquefois beaucoup à souffrir. Aussi, s'étonnera-t-on médiocrement en apprenant, toujours sur la foi du même organe, que les pensionnats en général ne sont pas précisément des temples de chasteté. La tendre innocence n'y serait guère plus en sûreté que dans certains couvents célèbres, et la timide et rougissante demoiselle en saurait aussi long, théoriquement du moins, sur des sujets scabreux que la petite rôdeuse nocturne des parcs et des carrefours.

Notez, et je ne saurais trop le redire, que ce n'est pas moi qui avance ces faits ; aussi, pour me décharger de toute accusation d'exagération et de parti pris de malveillance, je m'empresse de m'abriter derrière les guillemets de l'emprunt :

« La pensionnaire de « fiction » nous est familière à tous. On a fait d'elle les esquises les plus attrayantes. Elle est tout innocence ou tout ignorance, deux termes identiques en ce cas. Des mystères de l'alcôve, auxquels tôt ou tard elle doit être initiée, elle est généralement censée ne savoir rien ou moins que rien. Poëtes et romanciers insistent sur cette enfantine et radieuse candeur. Qu'une telle ignorance soit une qualité qu'il faille cultiver comme les rimeurs et les confectionneurs de nouvelles semblent le croire, c'est une question à débattre ; mais avouons qu'en réalité elle est d'une rareté extrême.

» Elle peut exister, sans nul doute, et nous serions désolés d'affirmer qu'elle est aussi éteinte que certaines races antédiluviennes ; mais la pure et innocente pensionnaire du XIXe siècle en sait fort long sur bien des choses qu'elle est supposée ne pas connaître, et le mystère même dont ces choses sont entourées a pour résultat immédiat d'appeler toute son attention.

» Nous nous aventurons donc jusqu'à avancer hardiment que si ces mêmes rimailleurs et écrivassiers pouvaient, sans crainte d'être vus, entendre les conversations courantes des élèves des plus respectables et des plus recommandables pensionnats, ils ouvriraient considérablement les yeux et les oreilles. »

L'auteur de l'article entre dans des détails qu'il me serait impossible de reproduire et qui tendraient à démontrer par quantité de faits dont il affirme posséder les preuves que nombre de ces vierges saturées de parfums bibliques sont dignes en tous points de s'ébattre dans l'île chantée par Baudelaire dans ses *Femmes damnées* :

Mère des jeux latins et des voluptés grecques,
Lesbos. . . . .

« Tout cela, continue le reporter de ces mœurs... légères, ne peut être ignoré. Il n'est pas possible que les maîtresses et les sous-maîtresses, aux soins desquelles sont confiées tant de filles de tout âge, restent dans un état de candide inconscience de ces turpitudes commises en quelques sortes sous leurs yeux. Cependant nulle n'en souffle mot. Une misérable fausse pruderie, la plus grande malédiction qui pèse sur l'Angleterre, tient les bouches closes. On aurait honte de prononcer une parole qui pourrait *choquer la modestie* des coupables. Et, en attendant, ces jeunes filles détruisent à plaisir et faute d'avis salutaire, cette innocence et cette même modestie qu'elles devraient si soigneusement conserver... Quelques avis donnés discrètement par une directrice sage et dévouée arracheraient annuellement des milliers de jeunes personnes à des pratiques dégradantes pour le corps et pour l'âme. Mais ces quelques mots, il faudrait nécessairement les lâcher, explicites et crus; et l'imbécile pruderie, qui passe dans ce pays pour de la moralité, nous contraint tous à un silence cent fois plus destructif que la guerre ou la peste.

» Jusqu'où s'étendra cette abomination ?

» Les docteurs eux-mêmes gardent sur ce sujet un étrange mutisme. Ils savent sûrement, et ils ne peuvent manquer de savoir, combien ces détestables habitudes sont propagées. L'hystérie, si commune chez les filles, et quantité d'autres formes de désordres nerveux, sont neuf fois sur dix la conséquence de ces pratiques. Elles dévorent le sang et la vie jusqu'au cœur, de la plus tendre et de la plus délicate moitié des jeunes générations. Elles infusent les germes de faiblesse, de ruine, de folie, dans celles qui sont appelées à devenir les mères des Anglais de l'avenir.

» La contagion marche d'un pas sûr au travers du pays et s'y étale sans entraves. Pourquoi donc les docteurs n'avertissent-ils pas les parents des dangers qui menacent leurs enfants? Les parents, hélas! en savent autant qu'eux; mais ils ont tous la placide imbécillité de croire que, si la jeunesse est corrompue, leur seule progéniture échappe à la corruption; et si même un docteur osait s'aviser d'ouvrir les yeux à une mère sur les habitudes vicieuses de sa fille, il recevrait sûrement un prompt et énergique congé (1). »

Et, dans un autre numéro, le même journal revient à la charge :

« Je déclare sans la moindre hésitation, dans l'intérêt des parents, à quelque rang de la société qu'ils appartiennent, que la majorité de nos pensions de jeunes filles

(1) *Town Talk, The horrors of girls' Schools.*

sont des antres d'iniquité, et que c'est à leur néfaste influence que beaucoup d'infortunées doivent les premiers pas faits dans le chemin du déshonneur. Je ne veux pas outrager cette légendaire pruderie qui nous a rendus fameux, nous autres Anglais, car alors je dévoilerais des choses telles qu'elles soulèveraient un si terrible cri d'indignation contre ces écoles de pestilence, que le public ne serait satisfait que lorsqu'il les aurait vu raser du sol. Les maisons d'éducation pour les garçons valent-elles mieux ? Interrogez les médecins. Moi, je n'ose répondre (1). »

Je n'ai pas à insister; mais j'ai trouvé curieux, instructif, édifiant et à la fois plaisant d'extraire d'une feuille anglaise

(1). N° 267. Dans une lettre adressée au *Town Talk* sur le même sujet, le correspondant déclare que, dans la plupart des pensionnats, le moral des filles diminue à mesure qu'elles grandissent. « Plusieurs jeunes personnes qui passaient pour accomplies furent aperçues d'une fenêtre engagées dans une occupation horrible à voir. Croyez-vous qu'on les ait renvoyées de l'école ? Non, certes, car le pire de ceci est qu'une maîtresse n'oserait jamais avouer aux parents que de telles abominations se sont passées chez elles. Tous retireraient aussitôt leurs enfants. Ce serait la ruine de sa maison. »

dont la vente est considérable cette opinion de journalistes anglais sur la moralité et les vertus si hautement prônées de la fine fleur de la jeunesse britannique.

Il n'est pas, je le pense, de meilleure réponse aux accusations incessantes d'immoralité, d'impudeur et de dévergondage dont nous accablent nos chastes voisins. Romans français, théâtre français, mœurs et coutumes françaises, tout est indécent, *objectionnable, shocking!* On n'ose en parler que comme de choses déshonnêtes et malpropres, nez bouché et paupières basses. Un journal satirique illustré, le *Fun*, représentait l'autre jour le vertueux *John Bull* repoussant notre littérature avec des pincettes. Le dessin eut un succès fou.

Tout cela est très risible, en effet. C'est la parabole de la poutre et de la paille dans l'œil, que Jésus raconta, voici bientôt deux mille ans, aux pharisiens de la Judée, ancêtres de ceux de la Grande-Bretagne.

VIII

LA LIVRÉE CONQUÉRANTE

> L'espérance et la consolation naissent des affections sociales.
> LORD BEACONSFIELD
> (*Vivian Grey.*)

Dernièrement un révérend clergyman visitant une école publique, questionnait une fillette de six à sept ans, dont la physionomie intéressante l'avait frappé.

— Quel est votre nom, petite fille ?

— Mary Jane.

— Et quel est le nom de votre mère ?

— Maman, c'est mistress Cole.

— Et que fait votre papa ?

— Mon papa ?

— Oui, comment votre papa gagne-t-il sa vie ?

— Oh ! J'en ai beaucoup, monsieur, mais je crois qu'ils sont tous cochers.

Je ne sais si les nombreux papas de la petite Mary Jane Cole étaient de vulgaires *cabmen* ou des cochers de bonne maison; mais depuis quelque temps les exploits des gentilshommes du fouet se sont partagés, avec ceux des *don Juan* du grand monde, les éclats de trompette de la scandaleuse renommée. Comme variante au refrain de la chanson parisienne, *On n'entend parler que d'malheurs* ! les Londonniens pourraient dire :

On n'entend parler que de cochers

et de leurs hauts faits sur les champs de bataille cythéréens.

Les amours des grandes et petites dames pour leur valet de pied, leur cocher ou leur groom ne sont pas chose nouvelle et, sans remonter à Mme Putiphar qui peut passer pour la patronne de la congrégation, les histoires secrètes de tous les pays à toutes les époques, les mémoires privés et les chroniques scandaleuses, y compris celles de l'*Œil-de-Bœuf*, témoignent en bien des pages de ces bizarreries du goût, en même temps qu'elles prouvent que, quand il s'agit de « l'affaire de canapé », comme disait Napoléon, le cocher vaut souvent mieux que le maître, et Lafleur remplace avantageusement M. le marquis.

Les reporters des équipées de la haute vie parisienne racontaient récemment un nouvel exemple de ces fantaisies hystériques, l'histoire d'une jolie mondaine, partisante de l'égalité sociale, enfuie dans un hôtel du West-End de Londres pour y cacher de phaétonesques amours.

Mais la terre vraiment classique de ces frasques est la vertueuse Angleterre : phénomène facile à comprendre en raison de l'excessive liberté dont jouissent les *demoiselles* d'une part, et de l'autre la bonne mine obligatoire, *sine qua non* professionnel de messieurs de la livrée.

Imaginez une jeune amazone forte en santé, mais faible en expérience, surexcitée par les capiteuses odeurs printanières, stimulée par un temps de galop, émotionnée par de récentes lectures ou les yeux ardents de cousins amoureux mais timides, chevauchant dans un bois, seule à seul avec un jockey entreprenant, et dont une culotte en peau de daim rehausse la prestance et la vigueur.

John aide *miss* ou *mylady* à descendre et à monter, lui donne respectueusement quelques petits conseils équestres ; il dit son mot, on l'encourage. Pendant que personne n'est là, on peut bien mettre la respectabilité de côté et s'amuser des histoires du groom, et il en sait de belles sur les gens de mylord A... et la femme de chambre de lady Z... Les cancans de l'office ne restent pas en arrière des médisances du salon. John raconte bien, et n'est pas si bête qu'il en a l'air. Quand il place le pied de *miss* ou *mylady* dans l'étrier, il sait faire comprendre combien il le trouve mignon, et combien aussi l'habit de madame se moule divinement sur de puissants reliefs. Ah! mon Dieu! John est un homme, après tout, et si bien dans sa culotte collante!

Eh quoi! vous vous récriez? Il n'en faut pas davantage, cependant. Et la preuve qu'il n'en faut pas plus, c'est que les cas de séduction de John sur *miss* ou *mylady* sont nombreux et pressés. Il ne se passe guère de mois qu'on ne raconte l'*elopement* d'une dame ou d'une demoiselle de qualité avec son domestique. Il y a même une époque toute spéciale pour cela,

> Le temps où le pinson
> Mignotte sa pinsonne...

et qu'on appelle *elopement Season*, saison des enlèvements.

*
* *

A l'heure où j'écris ces lignes le *West*

of England est encore tout atterré d'un scandale de ce genre, une dame du plus haut monde ayant échangé son mari contre son cocher; et, dans la Cornouailles, voici qu'une jeune et belle *miss*, fille du principal magistrat du comté, disparaît avec le groom du papa. Dans la même semaine, une autre *young lady*, élégante et accomplie, disent les journaux qui relatent le fait, se lance dans le vaste monde, avec l'ami de son cœur, jeune écuyer aux gages qui la suivait dans ses promenades équestres.

Mais ce n'est pas toujours au salon que les Lovelace de l'office ou de l'écurie vont chercher leur douce Clarisse. On en voit de moins présomptueux passer à la salle d'étude.

Tout récemment, une poétique institutrice *leva le pied* avec le groom de sa jeune élève. Mais son bonheur fut de courte durée, hélas! comme tous les bonheurs! le temps de manger ses économies (à elle, bien entendu) c'est-à-dire le nombre de jours que vit une rose; et quand il ne lui resta plus que les deux yeux pour pleurer, le larbin séducteur mais ingrat l'engagea avec un calme et un sang-froid vraiment britanniques à les porter à Belzébuth.

Ces *gentlemen*, du reste, une fois arrivés,

à leurs fins, ne se piquent pas plus que leurs maîtres de constance ni de courtoisie. La fille d'un baronnet du Middlessex ayant pris pour époux légitime l'automédon paternel, ce butor, avant même l'échéance du premier mois de la lune de miel, traita sa jeune épouse plus mal que ses chevaux, car elle fut obligée d'implorer, contre le seigneur de son choix, la protection de la magistrature, qui, moins ici qu'ailleurs, ne l'accorde gratis.

Cependant, dans toutes ces histoires de prétendues séductions, ces enlèvements de majeures et ces détournements de mineures par une *indélicate livrée*, les plus coupables, assurément, ne sont-elles pas, neuf fois sur dix, les enlevées, les detournées, les séduites ?

Pour qu'un domestique ose s'enfuir avec la femme ou la fille de son maître, quels encouragements n'a-t-il pas dû recevoir au préalable! Et que d'artifices a dû user la *séduite*, pour provoquer les audaces et faire taire, je ne dirai pas les scrupules, mais les appréhensions et les craintes du *séducteur*, dans ce pays surtout, où l'offense à la pudeur d'une dame est punie d'une façon draconienne!

Pas n'est la coutume du groom de s'installer au salon ni au boudoir; il faut donc, si l'on veut flirter, aller le chercher à l'office, ou l'appeler bien souvent par le petit escalier; l'exciter et l'encourager ferme, mettre clairement les points sur les *i* et les étincelles dans les yeux.

Mais pourquoi des laquais, quand il serait si facile de saisir dans le tas complaisant des soupirants et des *mashers ?* C'est que soupirants et *mashers* sont gens compromettants et peu discrets d'habitude; en outre, ils ne sont pas toujours présents, ont moins d'occasions, et le laquais se trouve à point au moment psychologique. De plus, la journée des Anglaises riches est un complet désœuvrement. A la campagne, surtout, que faire à moins de flirter et s'il n'y a personne que John ou Bob, et que John et Bob soient des gaillards de mine avenante et d'amoureuses dispositions, on flirte avec Bob ou John, suivant l'axiome bien connu que faute de grives on prend des merles, ce que l'on traduit ici par *la moitié d'une poire vaut mieux que pas du tout.*

*
* *

L'illustre auteur de l'immortel *Tom Jones*, Henry Fielding, que Walter Scott appelait le créateur du roman anglais, et qui, ayant usé sa trop courte vie à lutter contre le puritanisme étroit et l'abominable hypocrisie de ses compatriotes, n'est pas ici en odeur de sainteté, a raconté dans un amusant chapitre des *Aventures de Joseph Andrews*, parues en 1742, les assauts d'une grande dame sur son valet de chambre.

Le chapitre est intitulé ; la *Mort de sir Thomas Boob, avec la Conduite de sa veuve aimante et désolée et la grande Pureté de Joseph Andrews.* Joseph Andrews est le valet en question, et vous allez voir la dame à l'œuvre. Son mari est mort et pendant six jours la veuve inconsolable est restée enfermée dans sa chambre, comme si elle était atteinte elle-même d'une maladie mortelle. Sont venues, il est vrai, trois ou quatre de ses amies qui ont joué avec elle aux cartes ; mais ce remède ne suffit pas pour combattre sa douleur. Elle prend donc un parti décisif, et, le septième jour, elle sonne le digne Joseph, lui ordonnant d'apporter sa bouillote. Je laisse parler l'auteur :

« La dame, étant au lit, appela Joseph près d'elle, lui dit de s'asseoir, et, ayant accidentellement posé sa main sur la sienne, lui demanda s'il avait jamais été amoureux.

» Joseph répondit avec quelque confusion, qu'il avait bien le temps, à son âge, de songer à de telles choses.

» — Tout jeune que vous soyez, répondit la dame, je suis convaincue que vous n'êtes pas étranger à l'amour. Approchez, Joé ; dites-moi franchement quelle est l'heureuse fille dont les yeux ont fait votre conquête ?

» Joseph expliqua, en rougissant, que toutes les femmes lui étaient également indifférentes.

» — Oh ! alors, dit la dame, vous les aimez toutes. Vraiment, vous autres, beaux garçons, vous êtes comme les jolies femmes, très longs et très difficiles à faire un choix ; mais, cependant, vous ne me persuaderez jamais que votre cœur soit si incombustible. J'attribuerai plutôt cette prétendue incombustibilité à votre discrétion, qualité très estimable, et que je suis bien loin de vous reprocher. Rien de plus indigne pour un jeune homme que de trahir de secrètes intimités qu'il peut avoir eues avec des dames.

» — Avec des dames ! s'écria Joseph, oh ! que Votre Seigneurie croie bien que je n'ai jamais eu l'impudence d'oser lever ma pensée sur une dame.

» — N'affectez pas une trop grande modestie, dit-elle ; car une affectation de ce genre est parfois de l'impertinence, mais, je vous prie, répondez à ma question. Supposez qu'une dame condescende à vous aimer ; supposez qu'elle arrive à vous préférer à tous les autres membres de votre sexe et vous autorise les familiarités que vous auriez seulement pu espérer si vous aviez été son égal, êtes-vous certain que la vanité ne vous pousserait pas à vous vanter de votre bonne fortune? Répondez-moi loyalement, Joseph ; avez-vous plus de bon sens, plus de vertu que n'en ont généralement les beaux garçons comme vous, qui ne se font nul scrupule de sacrifier notre chère réputation à leur vanité, sans considération pour la grande obligation qu'ils doivent à notre condescendance et notre confiance? Savez-vous garder un secret, mon Joé?

» — Madame, dit-il, j'espère que Votre Seigneurerie ne m'accusera pas d'avoir jamais trahi les secrets de la famille, et j'espère aussi que si vous me chassez jamais, vous m'en donnerez l'attestation.

» — Je n'ai pas l'intention de vous chasser, Joé, fit-elle avec un soupir. Et je crains bien que quand même je le voudrais, je ne le pourrais pas.

» Ce disant, elle se souleva un peu sur son lit et découvrit une des gorges les plus blanches qu'on ait jamais vues, ce qui fit monter le rouge au front de Joseph.

» — Là! dit-elle en affectant la surprise, qu'ai-je fait? Me voici seule à la merci d'un homme, toute nue dans mon lit. Supposez que vous ayez de méchantes intentions sur mon honneur, comment pourrai-je me défendre maintenant?

» Joseph jura avec énergie qu'il n'avait pas la moindre méchante intention.

» — Non, dit-elle; peut-être vous-même n'appelez-vous pas méchants vos desseins, et peut-être ne le sont-ils pas?

» Il jura qu'ils ne l'étaient pas.

» — Vous ne me comprenez pas, dit-elle. Je veux dire que, s'ils sont contre mon honneur, ils peuvent ne pas être méchants; mais le monde les nomme ainsi. Mais, d'après vos dires, le monde ne saura jamais rien de la chose. Cependant, mon honneur ne reposerait-il pas entièrement sur votre discrétion? Ma réputation ne serait-elle pas en votre pouvoir? Ne deviendriez-vous pas mon maître?

» Joseph supplia Sa Seigneurie de se rassurer, car il n'imaginerait jamais la moindre méchante action contre elle, et il préférait souffrir mille morts que de lui donner une seule raison de le soupçonner.

« — Cependant, dit-elle, je puis avoir des raisons de vous soupçonner. N'êtes-vous pas un homme? et, sans vanité, je me flatte de posséder quelques charmes. Mais peut-être craignez-vous que je ne vous poursuive en justice? — oui, vraiment, je le crois. Et cependant, Dieu sait si j'aurais jamais le courage d'affronter un tribunal; et, du reste, vous le savez, Joé, je pardonne facilement les offenses. Dites-moi Joé, ne pensez-vous pas que je vous pardonnerais?

» Je vous jure, madame, répondit Joseph, que je ne ferai jamais rien qui puisse désobliger Votre Seigneurie.

« — Comment !dit-elle, pensez-vous donc alors que cela ne me désobligerait pas? Pensez-vous que je vous supporterais volontiers?

» — Je ne vous comprends pas, madame, dit Joseph.

» — Vraiment? Alors vous êtes un imbécile ou vous faites l'imbécile. Je vois que je me suis trompée. Retournez à l'office, et que je ne revoie plus jamais votre face. Votre prétendue innocence ne peut m'en imposer.

» — Madame, dit Joseph, je ne voudrais pas que Votre Seigneurie pensât mal de moi. J'ai toujours fait mon possible pour être un serviteur respectueux envers vous et mon maître.

» — Oh ! scélérat que tu es, répliqua la dame, pourquoi mentionnes-tu le nom de ce cher homme ? C'est donc pour me faire souffrir, pour me rappeler sa mémoire chérie ?

« Et, fondant en larmes :

« — Éloigne-toi de ma vue ; je ne saurais endurer davantage ta présence.

» A ces mots elle lui tourna brusquement le dos, et Joseph battit en retraite dans la plus profonde consternation. »

La veuve, on le pense bien, ne devait pas s'arrêter en si beau chemin, et Fielding avec son admirable connaissance du cœur humain et aussi de ce grand monde hypocrite et vicieux où il avait été élevé (1), nous la montre, dans un autre chapitre, revenant à la charge.

Pour être bien certaine de l'innocence du benêt, elle l'a accusé de tentative déshonnête sur la personne d'une de ses filles de chambre.

« — Venez ici, Joseph, toute autre maîtresse que moi vous eût déjà congédié pour de telles offenses dans sa maison ; mais je prends en compassion votre jeunesse ; et si j'étais bien certaine que vous ne vous rendissiez plus coupable... (Posant en même temps la main sur la sienne) : Considérez donc, enfant, vous êtes un superbe jeune homme, et vous

(1) Le père d'Henry Fielding était lieutenant général.

pourriez faire mieux; oui, vous pourriez faire votre fortune.

» — Madame, dit Joseph, je jure à Votre Seigneurie que je serais incapable d'affirmer si aucune servante de la maison est homme ou femme.

» — Oh! fi Joseph! répondit la dame; ne commettez pas un second crime en niant la vérité. Je pourrais pardonner le premier: mais j'ai l'horreur du mensonge.

» — Madame, cria Joseph, j'espère que Votre Seigneurie ne s'offensera pas si je persiste à affirmer mon innocence; mais je jure par tout ce qui est sacré que je n'ai jamais été plus loin que donner des baisers.

» — Des baisers! dit la dame avec un grand trouble et plus de rougeur sur ses joues que de colère dans ses yeux; et vous n'appelez pas ça un crime? Des baisers, Joseph, mais c'est le prologue de la pièce. Puis-je croire qu'un jeune drôle de votre carrure et de votre tempérament se contente de baisers? Non, Joseph, une femme qui accorde des baisers, accorde davantage; et je me tromperais grandement sur votre compte si vous vous étiez arrêté là. Que penseriez-vous, Joseph, si je vous autorisais à me donner des baisers?

» Joseph répondit qu'il préférerait mourir que d'avoir une telle pensée.

» — Et cependant, Joseph, continua-t-elle, des dames ont permis à leurs laquais de ces familiarités, et des laquais, je vous l'avoue, qui ne vous valaient pas, des laquais qui n'avaient pas la moitié de vos attractions; — car de telles attractions excusent presque la faute. Dites-moi donc, Joseph, si je vous autorisais de telles libertés, que penseriez-vous de moi ? Parlez franchement.

» — Madame, dit Joseph, je penserais que Votre Seigneurie condescendrait à beaucoup s'abaisser.

» — Peuh ! fit-elle, c'est ce dont je n'ai à rendre compte qu'à moi-même; mais n'insisteriez-vous pas pour avoir davantage ! Vous contenteriez-vous d'un baiser ? Une telle faveur ne vous mettrait-elle pas tout le corps en feu ?

» — Madame, dit Joseph, s'il en était ainsi, j'espère que j'aurais assez d'empire sur moi-même pour m'empêcher de commettre quelque chose de contraire à la morale... »

Tout cela est vrai, achevé, et cette haute comédie de mœurs laisse bien loin en arrière les platitudes sentimentales, les fades et *irréprochablement morales* billevesées à grand succès du roman anglais moderne.

Je dis moderne, car cette littérature incolore, qui semble créée tout exprès pour des filles de clergyman, est de date récente et fut mise à la mode par la reine Victoria, qui, on le sait, a frappé la nôtre d'ostracisme de la façon la plus absolue. Jamais sa royale main ne s'est souillée au contact d'un de nos livres, tant est grande son aversion pour la littérature française *in all its branches*, dans toutes ses branches. M. Ohnet lui-même est compris dans cette réprobation. *Immoral*, *improper*, *shocking*, *objectionnable*, tels sont les qualificatifs donnés par Sa Majesté à tout ce que nous pouvons écrire. Nous sommes jugés en bloc, et c'est sans appel.

Consolons-nous en pensant que nos écrivains les plus « grivois » pourraient aller de l'autre côté de la Manche chercher leurs devanciers ; que toute la littérature anglaise du XVIe siècle, Shakspeare en tête, est des plus *objectionnables;* que celle du XVIIe et du XVIIIe, y compris le théâtre, dépasse en immoralité la nôtre, et que les plus grands noms, Milton, Fielding, Sterne, Swift, Dryden, Byron, se sont servis de mots que l'on n'ose prononcer et ont représenté des scènes « que l'on ne saurait voir ».

Ne nous abîmons pas trop dans la honte de nos souillures; mais rappelons-nous que les égrillarderies de la Bible sont l'oracle de la nation, que les adultères, les viols, les incestes, les bestialités ordinaires au saint peuple de Dieu font l'objet des commentaires des jeunes misses, qui ne manquent jamais, dans les loisirs de l'école, de se poser des devinettes érotiques tirées des épisodes des Livres sacrés.

Il est juste d'ajouter qu'à côté de cela, les fabricants de romans vertueux, et ils sont les premiers à s'en flatter, n'écrivent ni une ligne ni un mot qui pourrait choquer la pudeur de ces jeunes personnes, et qu'une mère laisse en confiance entre les mains de sa fille toutes les nouvelles à la mode, sans craindre de l'exposer à rougir.

IX

COMPLÉMENT D'UN PRÉCÉDENT CHAPITRE (1)

As a general statement, it is perfectly true that in this country juvenile crime holds a fearful preponderance.

RÉV. HENRY WORSLEY.
(*Juvenile Deparvity.*)

L'ancien directeur des investigations criminelles, Vincent Howard, dans un rapport au comité de la Chambre des lords (*select committee of the House of lords*) sur une loi relative à la protection des jeunes filles, déclare qu'il existe à Londres, et dans quantité de quartiers, une foule de gens dont la seule industrie est de procurer des enfants à la basse débauche. Je n'ai pas sous les yeux le texte entier du rapport, mais j'en ai quantité d'extraits, suffisants pour réfuter les re-

(1) Voir les *Nuits de Londres*.

proches d'exagération dont j'ai été assailli quand j'ai soulevé dans mes *Va nu-pieds de Londres* le voile de ces effrayantes misères sociales. « Sans difficulté aucune (*without any difficulty whatsoever*), dit-il, on vous procure des enfants de treize ans ; quant à ceux de quatorze, quinze ou seize, ils sont sans nombre. Le superintendant Dunlop vous dira que la protistution juvénile s'ébat en ce moment même, principalement aux environs de *Haymarket*, de *Waterloo Place* et de *Piccadilly*, où, dès la nuit tombée, des fillettes de treize et quatorze ans vont par les rues, s'offrant ouvertement à qui veut les prendre.

« Il arrive fréquemment, et je suis convaincu que c'est la généralité des cas, que des enfants vivant dans leur famille (*at home*) se prostituent avec l'entière connaissance et même la complicité de leur mère, à qui elles rapportent leurs profits. Je parle de faits avérés, dont je suis absolument certain. Les procureuses s'entendent avec la mère, qui, à une heure convenue, leur adresse la fillette dans telle ou telle maison. Quel recours à la police ? Aucun. Elle ne peut que maintenir le bon ordre dans la rue.

» La conséquence de notre impuissance, continue le chef de la police métropolitaine, est que, dans Londres, dès quatre heures de l'après-midi, je dirai même dès trois heures, une honnête femme ne peut aller à pied de l'extrémité de '*Haymarket* à *Wellington Street*. Dès trois ou quatre heures *Villiers street Charing Cross station*, le *Strand*, sont encombrées de prostituées de tout âge qui sollicitent les passants. On a fait récemment le calcul que passé minuit, plus de cinq cent filles se promènent entre *Piccadilly Circus*, et *Warterloo Place*, —un espace de quelques centaines de mètres. Et quelles sont ces filles? Des prostituées de profession? Pas toutes. Un grand nombre sont des employées de magasins, des demoiselles de comptoir. »

Ces documents, venant d'une telle source, sont précieux. En voici d'autres fournis au même comité par un superintendant divisionnaire, celui du district de Saint-James, l'officier de police Dunlop. Il concerne la prostitution des petites servantes. Il n'est pas inutile de dire que les loueuses de pauvres garnis, les employés, les artisans aisés et grand nombre de boutiquiers des quartiers populeux emploient, pour aider au ménage, et toutes jeu nes filles de quatorze, treize de même douze ans, auxquelles ils ne donnent que de très minimes gages.

« Ces petites servantes abondent dans ma division. Leurs parents sont généralement dans la plus grande pauvreté, et elles sont elle-mêmes, pour la plupart, très misérablement vêtues. En allant faire des commissions, elles se croisent continuellement avec des camarades du même âge, hier encore, servantes comme elle aujourd'hui habillées de soie est de satin (*dressed in silks and satins*). On s'accoste, on se cause, et le mal est fait.

» — Comment deux schellings par semaine pour travailler tout le jour comme une esclave! Moi je ne travaille pas, je m'amuse ; j'ai de belles robes et je gagne beaucoup d'argent !

» J'ai observé les allées et venues de ces petites filles, appartenant généralement aux plus basses classes des quartiers de *Newport Market, Bedford* ou *Sevens Dials*, en ce qui concerne ma division. On les voit d'abord errer deux par deux, très pauvrement mises, avec un mauvais mouchoir de couleur sur les épaules ; quelques jours après, je remarque que le costume est un peu plus soigné, et enfin paraissent les chapeaux à plumes et les vêtements de *soie et de satin.* »

Un certain nombre poussent dans les rues, les squares, et les parcs — si le parc n'est pas éloigné du logis — de petites voitures d'enfants, avec un ou deux, quelquefois trois marmots attachés à leurs jupes. Elles peuvent ainsi échapper pendant plusieurs heures à la surveillance des parents ou des maîtres, flirter à leur aise et accepter des rendez-vous. Le *perambulateur* et les marmots attendent à la porte de l'allée où a disparu la petite servante ou la *grande* sœur pour satisfaire un prétendu besoin pressant. Ces enfants sont viciés dès le plus bas âge, et le séducteur, si séduction il y a, n'a qu'à se baisser pour ramasser sa proie.

— Un membre du comité, lord Leigh, demande si, dans les logis où ont grandi ces filles, les deux sexes ne sont pas mêlés.

« Généralement, filles et garçons couchent dans la même chambre, avec le père et la mère, qui, eux-mêmes, vivent en état irrégulier.

« Souvent une femme délaissée par son amant avec deux ou trois enfants et quelquefois davantage, *s'associe* à un veuf qui, de son côté, traîne une nichée de fillettes et de garçonnets. Tout cela cohabite ensemble, n'ayant qu'une couche unique qu'on dédouble pour la nuit. Les filles du veuf vont avec les fils de la nouvelle belle-mère, et *vice versa* et souvent l'aînée de toute la bande n'a pas dix ans. Le plus grand nombre de ces filles, sitôt leur nubilité, s'empressent de quitter le toit famillial pour se *mettre* avec quelque jeune rufian du voisinage.

» — J'en ai encore eu un exemple ce matin, dit le superintendant de Saint-James. Deux garçons de quinze à seize ans furent amenés à mon poste de police pour tentative de vol. Comme toujours en pareil cas, nombre de polissons et de voyous se groupèrent, attendant la voiture cellulaire pour y voir monter les prisonniers. Dans le tas je remarquai une petite fille très proprement mise et chaussée de luxueuses bottines à hauts talons, montantes et boutonnées jusqu'à mi-jambes. Les jupes, très courtes, descendaient à peine au-dessous du mollet. Une polonaise bien taillée serrait sa taille, et ses cheveux bouclés ondulaient sur ses épaules. Je m'approchai et essayai d'entamer la conversation. Elle vit bien que j'étais de la police, et me répondit qu'elle attendait pour voir sortir du poste *son homme*. Je dis alors : « Lui est-il arrivé une fâcheuse histoire? Marchons un peu, nous allons causer. » Je flairais quelques renseignements intéressants à ajouter à ceux déjà recueillis pour apporter à Vos Seigneuries; mais elle se méfiait trop de moi. « Oh non, dit-elle, oh non. » Je remarquais qu'elle avait ses doigts couverts de bagues. Une enfant si jeune !

» Lord Cairns. — Quel âge paraissait-elle avoir?

» — A peine treize ans.

» — Et vous ne l'avez pas questionnée davantage?

« — Elle devina bien que telle était mon intention, et se mit à rire, s'éloigna de moi, courut sur le passage de la voiture cellulaire et attendit jusqu'à ce quelle ait vu *son homme* y monter, puis s'élança dans la direction du tribunal pour assister à l'interrogatoire. »

Lord Norton demande candidement si c'est le jeune monsieur arrêté qui entretenait cette petite personne.

L'officier de police, étonné, répond que vraisemblablement c'est au contraire la jeune personne qui entretient le petit monsieur.

» — Ils vivent donc ensemble comme mari et femme?

« — Il n'y a pas le moindre doute à cet égard. »

Ce simple compte rendu, avec sa sécheresse et sa brutalité de procès-verbal, n'a nul besoin de commentaires plus amplement explicatifs.

Je dois ajouter, cependant, une remarque, remarque qui se présentera d'elle-même à tous ceux qui se sont donné la peine, non de jeter en passant un regard furtif, mais de visiter les bas-fonds, soit de Londres, soit de Birmingham, Manchester, Liverpool, enfin de toute grande cité du Royaume-Uni, c'est que — dans ce rapport, il n'est question que des jeunes filles qui se livrant ouvertement à la prostitution, attirent par leurs allures ou leur mise l'œil de la police, c'est-à-dire celles ayant atteint leurs treize ans. Mais il en est quantité d'autres, au-dessous de cet âge, — *bien au-dessous*, — suivant secrètement les traces de leurs aînées. En France et, je crois, sur tout le continent, la loi punit le séducteur ou l'industriel exploitant la débauche de toute fille au-dessous de vingt-et-un ans en le poursuivant pour détournement de mineure ou excitation à la débauche; en Angléterre, c'est au-dessous de treize ans seulement que la loi peut sévir (1).

J'ai déjà parlé de ces infiniment mineures, et je ne reviendrai plus sur cet horrible sujet; mais par cela seul que le délit tombe sous le coup de la loi il se cache

(1) Il faut se rappeler que ces chapitres ont été écrits bien avant les révélations de la *Pall Mall Gazette*. L'âge, depuis, a été élevé à 16 ans.

davantage, prend plus de précautions et échappe ainsi à la surveillance, aux répressions, aux statisques des philanthrópes et aux rapports des policiers.

X

LE JEU DU MOUCHOIR

The reason why so many persons act foolishly, and consequently, lay themselves open to ridicule, under the influence of love, I believe to originate in the grand popular mistake of dismissing this subject from our serious reading our conversation and leaving it to the unceremonious treatment of light novels, and low jest.

(*The Daughters of England.*)

MRS ELLIS.

L'éventail fut de tous temps un des principaux auxiliaires du flirtage; mais, outre que le maniement en est sans règles précises et varie suivant le tempérament ou le caprice de Célimène, il expose à des méprises et à des lenteurs.

De plus, il n'est pas à portée de toutes

les mains; on ne peut en jouer en tous lieux, ni dans la rue, ni pendent la messe, ni aux enterrements, ni au sermon, ni à cheval, ni quand il gèle. Il exige un concours de circonstances et un milieu défini.

Le langage des fleurs et encore moins pratique. On n'est pas toujours en possession d'une tulipe pour exprimer délicatement et poétiquement son amour, ni d'un aloès succotrin pour faire entendre à l'objet adoré qu'on est pénétré de douleur, ni d'une girollée rouge pour lui témoigner son dépit, encore moins d'une menthe poivrée pour lui démontrer l'ardeur dont on brûle.

Quoi qu'en chante le poète :

Livre charmant de la nature,
Que j'aime ta simplicité !
Ta science n'est point obscure;
Tu nous plais par la vérité...

Ce livre charmant doit être relégué, avec l'*Astrée*, le *Roman de la Rose* ou l'*Art d'aimer* d'Ovide, parmi les archives sentimentales, comme compliqué, obscur, coûteux, toupillant et nullement expéditif à notre époque, où tout, même l'amour, doit marcher à la vapeur.

Persuadées de ces axiomes ; que la jeunesse n'a qu'une saison, que le temps est de l'argent, que l'on doit profiter de l'un et ne pas gaspiller l'autre, et que la première condition, pour atteindre un but, est de se mettre immédiatement en route par la ligne la plus directe, les jeunes Anglaises n'ont pas tergiversé.

Or, le but à atteindre est, pour les demoiselles à marier, le mariage, et pour les autres, l'amour. Ceci entendu et bien compris, en avant! Plus tôt partie, plus vite arrivée. Ne comptant que sur elles, — les papas et les mamans n'ayant qu'une faible voix au chapitre et ne prenant pas, comme chez nous, la mauvaise habitude de s'immiscer dans les affaires où ils ne sont pas conviés, — les demoiselles s'approvisionnent de précautions et s'arment pour la bataille de la vie et la conquête de l'époux. Laissez-les se démener; elles s'entendent à la besogne, et s'il y a des chutes et des blessures en champ clos, c'est, neuf fois sur dix, le vainqueur qui est le véritable vaincu, et en ce cas il paye la casse. Ah! elles ne sont pas si niaises que les nôtres, les fillettes anglaises! Convaincues, comme le sage *Vicaire de Wakefield*, que les jours de flirtation, sont les plus heureux jours de la vie, elles veulent, et elles ont raison, de bonne heure en jouir; aussi à peine ont-elles vu quatorze fois fleurir les primevères qu'elles cherchent à s'assurer d'un cœur. Et il faut se hâter; nombreuses sont les rivales : pour un seul Acis au moins trois Galatées.

Ce ne sont donc pas les atermoiements et les lenteurs du *Voyage au Pays de Tendre*, les sentimentales promenades de *Soupir* à *Petits Soins*, les haltes à *Doux Espoir* et les séjours forcés au port de *Mélancolie*, pour s'embarquer ensuite sur la mer de *Désespoir*. Les excursions amoureuses tournent rarement au tragique. Ce qui peut arriver de pis, c'est la justice de paix ou quelque chose d'analogue pour le compagnon de route ingrat, laquelle le condamne généralement à payer les frais du voyage sentimental. Après celui-ci un autre. Un de perdu, deux de retrouvés. Le tout est d'être habile.

De jeunes personnes sans patrimoine se font ainsi d'honnêtes dots.

La jolie actrice miss Fortescue se fit donner dix mille livres sterling (250,000 francs) par un lord lâcheur, sans qu'il y eût eu le moindre accroc à sa robe d'innocence.

On comprend que dans ce pays pratique il faille aller pratiquement, et sur cette terre de pudeur marcher avec décence. Églantier, lilas, pensée, pervenche ont un langage éloquent pour entamer sous l'œil de tous une conversation amoureuse;

mais soupirants et flirteuses n'ont constamment un bouquet en main, pas plus qu'un parterre en poche ; en revanche ils y ont un mouchoir; et même, si cet indispensable manque, un journal, ou le moindre papier fait l'office.

Ce moyen de converser publiquement sans que personne que l'intéressé n'y voie goutte, de s'entendre dire « je t'aime » sans en avoir l'air, et de donner un rendez-vous sans se croire obligée de rougir, est tellement simple et explicite que les intelligences les plus rétives le saisissent du premier coup, et qu'il ne laisse au mari que l'on convoite ou à l'importun dont on veut se défaire aucun sujet d'erreur.

Aussi, on peut affirmer que ce jeu est vraiment populaire. La fille du savetier en connaît le secret comme la fille du pair, et en même temps que la petite pensionnaire s'y essaye au salon, la petite souillon le répète à la cuisine.

Pas de fillette qui ne sache mieux que sa grammaire ce syllabaire de maçonnerie d'amour, permettant de dire à l'impatient cousin : « Je t'attends ce soir » en même temps que l'on présente un front impassible au baiser maternel.

Je ne saurais trop le recommander à celles de mes jeunes compatriotes qui ont tout particulièrement besoin d'être déniaisées et de s'échapper de temps à autre de l'atmosphère des jupes familiales, en attendant qu'on les livre à l'idéal que les parents sages ont fait passer dans leurs rêves de vierge : un mari cossu et mûr; fonctionnaire et décoré.

Le voici dans sa simplicité ingénieuse :

1. — *Passer le mouchoir sur les lèvres.* — Désir d'entrer en relations. (La manifestation de ce désir n'engage, du reste, à rien.)

2. — *Le passer sur les yeux.* — Je suis triste. Si vous saviez comme je m'ennuie près de la cotte de maman. Si vous pouviez me distraire un peu.

3. — *Le prendre par le milieu.* — Oh! monsieur! vous allez trop vite. Doucement. Calmez-vous.

4. — *Le laisser tomber.* — Je crois que nous nous entendrons.

5. — *Le faire tourner dans les mains.* — Vous m'êtes indifférent.

6. — *Le passer sur la joue.* — Je vous aime.

7. — *Le passer sur les mains.* — Je vous déteste.

8. — *Le laisser un instant sur la joue droite.* — Oui.

9. — *Idem sur la joue gauche.* — Non.

10. — *Le tourner dans la main gauche.* — Vous m'ennuyez. Je désire être débarrassée de vous.

11. — *Le tourner dans la droite.* — Vous perdez votre temps. J'en aime un autre.

12. — *Le plier.* — Je veux vous parler.

13. — *Le jeter sur l'épaule droite.* — Suivez-moi. Ne craignez rien. Vous pouvez m'aborder hardiment.

14. — *Idem sur la gauche.* — Ne me suivez pas, ou cessez de me suivre.

15. — *Prendre les coins opposés du mouchoir dans les deux mains.* — Attendez-moi.

16. — *Passer le mouchoir sur le front.* — Faites attention. On nous surveille. Voyez un peu la tête de la tante à lunettes.

17. — *Le placer sur l'oreille droite.* — Qu'est-ce que vous avez donc? Vous n'êtes plus le même. Je vous trouve un drôle d'air.

18. — *Idem sur l'oreille gauche.* — Je vais vous passer un billet. Préparez-vous.

19. — *Laisser un instant le mouchoir sur les yeux.* — Oh! le méchant! Vous êtes cruel. Fi! le vilain!

50. — *Le rouler autour de l'index.* — Trop tard, mon petit ami; je suis engagée.

21. — *Autour de l'annulaire.* — Je suis mariée.

On le voit, tous les cas sont prévus, depuis A jusqu'à Z, et en moins de chiffres qu'il n'y a de lettres dans l'alphabet. Vingt et un, trois fois sept, le nombre sacré, comme disait *miss Sweethole* (1), le synonyme de complet. Comptez, en effet, pas un de trop, pas un qui manque. En ce nombre, cependant restreint, des amants peuvent se dire tout ce que des amants ont ordinairement à se dire depuis l'entrée en matière jusqu'à la conclusion.

La bouche est muette, le regard impassible ou dirigé ailleurs ; le mouchoir seul s'agite, parle, explique, prie, accepte ou refuse; comme le latin, il brave l'honnêteté. Pas un mot n'est dit, personne n'a rien vu; la pudeur est sauve et l'affaire est faite. C'est le comble de l'art.

---

(1) Voir les *Nuits de Londres.*

XI

LA COLONNE D'ANGOISSE

However obscure the language of love may be, women have a particular talent for seiseing the sens of it.
(*Dictionary of Love.*)

J'ai connu une jolie *miss* répondant au doux nom de Connie (Constance) qui attendait chaque matin le journal avec impatience.

Elle n'y cherchait pas les plaintives péripéties d'une nouvelle moralement amoureuse ni les chapitres effrayants d'un *grand roman* à sensation, bien pimenté d'empoisonnements, de coups de poignard et de pendaisons; car les feuilles quotidiennes anglaises ne publient ni romans ni nouvelles.

Les *roublardises* de la politique la laissaient froide, et c'est à peine si elle prêtait une plus grande attention aux exploits du général Wolseley en Égypte qu'à ceux du maréchal Booth dans Whitechapel.

Elle ne jetait qu'un coup d'œil distrait sur les procès pour *Breach of Promise* (manquement à une promesse de mariage), généralement pleins d'intérêt pour les demoiselles, ni sur ceux de divorce, plus intéressants encore, et qui ouvrent de si étonnantes éclaircies dans les recoins mystérieux des intérieurs de la haute vie britannique; elle ne lisait pas avec une attention plus sérieuse les beaux extraits des sermons du dimanche, les péroraisons stupéfiantes des prêcheurs à la mode, ni les articles palpitants des missionnaires sur la providentielle propagation dans les tribus du centre de l'Afrique, des articles de Birmigham combinés avec ceux de la foi.

Non; ce qui la préoccupait dès son réveil, ce qui attirait sa curiosité, ce qu'elle parcourait avec des yeux avides, c'est la colonne d'angoisse, l'*agony column.*

D'ordinaire la deuxième de la première page, sa hauteur ne dépasse guère trois ou quatre pouces; mais dans cet espace restreint s'agite, prie, pleure, espère et sanglote tout un coin de l'humanité.

Surpris d'abord, je ne tardai pas à m'expliquer l'ardeur de la sensible Connie; je compris combien pouvaient se passionner les imaginations rêveuses des jeunes et vieilles demoiselles qui trouvent une pâture quotidienne dans ces entrefilets mystérieux, exposant au public, avec la brutalité de l'annonce, les angoisses des amantes, des épouses et des mères.

L'agony column est, certes, de toutes les colonnes du journal, la plus excentriquement anglaise, offrant en quelques lignes écourtées comme des télégrammes une série jamais interrompue de drames, de comédies, de larmes, de misères et de hontes où l'amour joue le premier rôle sous l'œil généralement indifférent du lecteur.

Mais ceux qui, comme miss Connie, se donnent la peine de suivre ces correspondances si brèves et si passionnées, d'écouter ces cris de détresse et ces appels à un seul, au milieu de la foule impassible ou railleuse, y trouvent bientôt tout l'attrait d'un roman.

— Ah! me dit-elle un matin, je suis bien heureuse!

— Que vous est-il arrivé, chère miss Connie?

— Ce n'est pas à moi qu'il est arrivé rien d'heureux, c'est à cette pauvre miss S. T.

— Esther?

— Non, S. T. Je suppose que son nom est Sophia, ou Sis, ou Suky; mais peu importe, je me contente d'S. T.

— Eh bien?

— Eh bien elle a retrouvé W.

— Vraiment?

— Oui, c'est-à-dire Wat, Will ou Win.

Et, comme mon sourcil s'arrondissait en signe d'interrogation, la pétulante Connie continua avec volubilité :

— La pauvre S. T. était abandonnée par le perfide W; du moins elle l'a cru longtemps, la chère petite. Mais le perfide W. a eu des remords, et à l'heure qu'il est, le cœur de la mignonne doit bondir de joie, car cette après-midi, entre trois et cinq, elle pardonnera à l'ingrat repentant. Il est si doux à une femme d'avoir à pardonner. Tenez, lisez plutôt, là, dans l'*agony column*.

Cher W. — Vous m'avez fait bien souffrir. Quelle terrible attente! Quels horribles doutes! Viens, tout est oublié. Entre trois et cinq maman et tante seront sorties.

— Pensez, ajouta miss Connie, voici plus de deux mois qu'il la laissait sans nouvelles.

— Comment le saviez-vous?

Par elle-même. Trois fois par semaine elle adressait au perfide un appel désespéré.

Cher W. — Chéri, je meurs sans vous.

Trois fois par semaine je vous écris, et pas un signe de pitié ! Répondez, oui ou non, si je dois mourir.

— Et il a répondu *non*.

— Avant-hier seulement. Voici :

S. T. — Est toujours la bien-aimée de mon cœur. Elle n'est et ne sera jamais oubliée. W passera demain devant la maison. Trois heures précises. Réponse par voie ordinaire.

— Enfin, conclut-elle avec un soupir, l'ingrat est revenu. Il peut se vanter d'être aimé !

J'ai imité la douce Connie, et bientôt je me suis pris, non à verser comme elle, des larmes sympathiques sur des lettres majuscules, mais à m'intéresser aux appels et aux correspondances de la colonne d'angoisse ; car j'en ai trouvé grand nombre qui offraient, aussi clairement que les toiles de William Hogarth, des drames ou des comédies en quatre ou en huit tableaux.

Je commence par un drame qui, bien que composé de sept, n'en est pas moins complet. Une ceinture de vierge dénouée en avril et renouée en décembre sous forme de linceul.

H. chéri. — C'est la quatrième fois que j'écris. (Je sais que chaque matin vous lisez ce journal), la quatrième fois que je dis « je t'attends », et vous ne répondez pas.

H. chéri. — Je ne me lasserai pas de te dire « je t'aime ». Je continuerai à braver tout. Je serai fière quand viendra le gage de notre amour. Ce qui fait la honte des autres sera mon orgueil.

Voilà évidemment une jeune personne très exaltée, et cette exaltation prouve que son amant est d'une position sociale supérieure à la sienne. Elle se calmera, je l'espère. Mais non, car quatre mois après, en septembre, je vis reparaître l'H majuscule suivie du même mot *darling* (chéri).

— Cinquième lettre sans réponse. Vais-je recommencer la série. Oh ! pour l'amour de Dieu, que je ne la recommence pas ! Autrefois vous reveniez à moi. Les temps sont changés. C'était le printemps, nous voici bientôt à l'automne. Je redoute l'hiver.

H. chéri. — Vous n'avez pas voulu me voir. Pourquoi ? Vous le pouviez cependant. Lundi vous saviez que j'étais seule. Mardi je vous ai attendu à Hyde-Park. Que vous ai-je fait ? Je vous attendrai encore demain. Oh ! venez. Le temps est proche.

Cet appel était du commencement d'octobre ; six semaines après, je lus, toujours sous la même rubrique :

H. Chéri. — La solitude et le silence. Baby

est mort. Dernier appel. Venez de suite. Est-il possible que j'arriverais à vous écrire que la misère est proche et que j'ai peur de moi.

Novembre, et décembre presque entier passent; je n'avais plus revu l'*H* fatidique lorsque, tout à coup, il reparut deux ou trois jours avant Noël.

H. Chéri. — Si celle qui écrivait à cette adresse veut écrire de nouveau pour dire ce qu'elle est devenue, on ira la chercher avec un cœur aimant.

Était-ce le séducteur pris de remords? était-ce la mère ou le père qui à la veille de la grande fête de l'année voulait revoir la fille chassée ou enfuie reprendre sa place au foyer? Mais ni chez l'amant, ni au doux *home* l'enfant égarée ne revint; car pendant un mois l'annonce se répéta régulièrement chaque jour. Puis l'*H* reparut suivi du libellé habituel, et ce fut le dernier, car immédiatement au-dessous se lisait le mot final :

H. chéri. Maudit cent fois plutôt (!). — Doit cesser ses démarches. La réponse est au cimetière de Highgate, 4e rangée, 22e ligne, S. E. Maudit ! Maudit ! Maudit !

On le voit, rien ne manque au drame : enlèvement, abandon, mort de l'enfant, misère et peut-être suicide. C'est la vieille histoire. En voici d'autres, aussi complètes, en un seul chapitre :

— J'ai tout entendu, je sais tout. Il est dur de savoir que vous m'avez si facilement écartée de vous. Mais, mon ami, vous aussi, je le sais, vous avez longtemps lutté et souffert. Un éloignement était inévitable. Vous ne connaîtrez jamais les trésors de tendresse de ce cœur qui aurait dû vous appartenir. J'ai prié pour vous nuit et jour. Oh ! si seulement nous avions été présentés l'un à l'autre. Cela aurait éclairci tous les malentendus. Nos vies sont séparées maintenant. La façon dont votre père a agi à mon égard, et à laquelle vous sembliez acquiescer m'a empêchée de vous parler. Son dernier mot, je ne puis le comprendre. En quoi l'ai-je offensé ? Cher bien-aimé, adieu. Je vous envoie mes souhaits les meilleurs et les plus sincères pour votre jour de noces, et une longue et heureuse vie. Je ne vous oublierai jamais. Adieu. Adieu.

*
* *

Tito. — Très cher, pour l'amour de Dieu, écrivez. Je suis presque folle de douleur. Les avertissements du 11, du 14, du 20, et celui d'aujourd'hui sont seuls de moi ; tous les autres sont faux. O mon amour, pourquoi écrire si tendrement le 8 « espérant vous rencontrer bientôt », et écrire ces cruelles paroles du 13 ? Écrivez, je vous implore. Ne me poussez pas au désespoir. Je vous en prie, cherchez une autre rubrique pour notre correspondance.

*
* *

Enfant chérie. — Une froide lettre en trois mois. Puis-je m'empêcher de douter de vous ? Vous rappelez-vous le 27 juillet de l'année dernière ? J'attendrai jusqu'au 27 juillet de cette année avant de croire que vous êtes perfide. Je vous ai envoyé un mot pour le 1er juin ; on l'a inséré le 30 mai, par erreur. Mais nul doute que vous ne l'ayez vu. Vous m'avez rendu bien malheureux, moi qui avait tant de confiance en vous. Chérie, je vous aime comme autrefois. — *Jack.*

*
* *

Kathleen Mavourneen. — Si j'avais été riche et que vous eussiez été libre je vous aurais demandé, lorsque nous étions seuls mercredi, de m'épouser. Mais, sachant tout et étant pauvre, il a été bien mal à moi de vous montrer tant d'attentions et de vous faire comprendre que je vous aimais si tendrement. Oubliez-moi et pardonnez-moi, je vous en prie. Avec un petit et discret amoureux baiser.

Cette annonce, qui me paraît être celle d'un parfait roublard à la chasse d'une héritière, est sig née du nom de *Ravenshoe* (soulier de corbeau).

*
* *

En voici d'une simplicité sinistre :

Willie B., qui a quitté la maison en juin dernier, est instamment supplié de retourner chez sa mère. Son père est mort.

Il en est d'aussi tristes, répétées continuellement. C'est l'appel monotone et douloureux comme une plainte de blessé qui s'échappe à intervalles égaux, des cris de désespérés toujours les mêmes, jetés pendant des semaines et quelquefois des mois entiers, appels désolés à un enfant ingrat, un lâche amant, une amante envolée, un mari disparu. Puis tout cesse. Est-ce l'ingrat revenu ? l'oubli ? la mort ?

Celles-ci parurent bien longtemps et à l'heure où je les transcrivais ici, elles paraissaient encore.

Cher Allan. — Cette incertitude est terrible ; je vous en supplie, revenez à la maison ou donnez de suite de vos nouvelles. Vous n'avez rien à craindre. Cardiff.

A. B. — Je vous attends chaque jour. A chaque bruit je tressaille. Vos chers petits enfants vous demandent. Votre mère ne veut pas mourir sans vous pardonner. De grâce, revenez.

Tout au-dessous de cette dernière, parut un jour celle-ci, exultante d'allégresse et comme pour accentuer la tristesse de l'autre :

Mère. — Hurrah ! Les cloches joyeuses sonnent à toute volée. Les enfants chantent. Venez compléter le chœur

Sous la rubrique *For ever and ever*, a paru pendant plus d'un mois :

— Amour chéri, ma pensée n'a jamais cessé d'être pleine de vous. J'aspire à vous. Un mot, un mot.

A la huitième annonce le mot est venu :

— Très fâchée, trop tard. Je me dois à un autre.

Répétée bien souvent aussi, celle-ci plus énigmatique, obtint une identique réponse.

Elaine. — Bateau de Ryde. Est-il possible qu'il y ait quatre ans. Pas d'école à W... alors. Mais si Élaine veut bien écrire à l'ancienne adresse, ou correspondre par la voie de ce journal, elle n'aura pas à s'en repentir.

Élaine se décida enfin à répondre :

— Il y a maintenant une école à W...

Quatre ans, quatre siècles. Élaine n'a rien autre à dire. Le bateau de Ryde fume toujours.

Mais comme galimatias, rien ne vaut le suivant, qui a réjoui je ne sais combien de fois la colonne d'angoisse du *Standard :*

Hermose. — La même route aux franges de fleurs, royal bouton de rose qui s'épanouit, puis grandiose visage de fleur magnifié par une dame au port superbe et majestueux, beauté splendide (dont la noble image est faite pour les hommages du cœur, l'épanouissement plus grand et plus profond des yeux brillants et du noir cadre de ses cheveux) forte est mon admiration, intense était mon amour alors et depuis il s'est agrandi encore plus passionné jusqu'au dernier moment sombre d'une vie d'idolâtrie avec une véhémence de tous les fibres, de tous les nerfs, force et pensée de ma virilité, mon cœur à vous, tout, tout à vous. — *Vraie rose.*

*
* *

N'ignorant pas avec quelle assiduité est parcourue l'*agony column* et l'intérêt qu'elle excite chez nombre de jeunes gens des deux sexes, un fanatique puritain a jugé que nulle place n'était meilleure pour la propagande religieuse et entre un appel de maîtresse en couches et un rendez-vous d'amoureux, on rencontre de temps à autre, le désopilant *advertissement* qui suit :

« Anglais! Votre pays est dégradé. Son prestige s'est évanoui, sa suprématie navale n'est plus. Il fait le chien couchant devant toutes les puissances étrangères; Ichabod, ta gloire est partie. Et pourquoi? Parce que l'Angleterre a abandonné son protestantisme. Par l'acte fatal de « l'Émancipation catholique romaine » en 1829, la Constitution protestante fut renversée, et le papisme et l'idolâtrie triomphèrent encore une fois. Notre grandeur et notre protestantisme vont de concert. Le papisme est maintenant dominant dans l'Église et dans l'État, et du papisme coule fatatalement la profonde humiliation nationale. Il n'est qu'un seul remède. Retourner au Dieu que nous avons apostasié. Rétablissons à tous risques et à tous prix notre constitution protestante. Alors l'Angleterre, une fois encore, portant témoignage à la vérité biblique, recouvrera d'un coup sa situation première, se lèvera au milieu des nations, terreur et envie de l'univers. Dieu sauve la reine ! »

*
* *

Passons à la série légère des amours en floraison et des rendez-vous, c'est surtout là que la pudique Albion se montre sans fard. Rendez-vous dans les parcs, rendez-vous dans les rues sous l'œil de papa et de maman, rendez-vous dans les cabs, rendez-vous dans les hôtels.

— Je serai où il a été convenu à l'heure précise. — *Sally.*

W. à Phyllis. — Je suis chez moi. Venez vite.

Fanny. — Le jour et l'heure que vous m'indiquez me conviennent. Mais ne manquez pas cette fois. Je rentre en pension après-demain.

U. B. — Maman garde la chambre. Papa est à Brighton pour huit jours avec Harry. A bon entendeur salut.

Yeux bleus. — Vous êtes fou. Vous ne savez pas vous y prendre. Faites-vous présenter à maman. — *Ruban rose.*

Francesca. — Ainsi-soit-il. Il se pourrait que je sois samedi à l'endroit que vous savez. Tenez un cab prêt.

Avenue. — Mardi 6 h. 30. Quelle pièce joue-t-on? Vous souvenez-vous de la Fille de l'air, P. m'accompagnait au piano. Peut-être pourra-t-il m'accompagner en voiture?

S. — Jamais ce que vous me proposez. Un cab ou rien. — *Lili.*

On le voit, nombre de ces amoureuses, ne voulant pas ou n'osant pas se compromettre dans un hôtel, se décident à prendre une voiture. Le plus souvent après un entretien en plein air où l'amant n'a pu exprimer ses sentiments que *viva voce* et à la face du ciel, la jeune personne ayant en pitié sa cruelle déception, lui fait héler un *cabman* :

— Reconduisez-moi chez ma mère, dit-elle.

Le couple monte, Dieu sait, si à Londres, les cochers sont complaisants — et l'on roule doucement par les rues solitaires.

Mais il arrive que le cab traverse soudainement de populeux carrefours, et, si c'est le soir, la traînée lumineuse d'une flamboyante boutique; le cocher fouette alors le cheval et le véhicule passe rapide, offrant au passant indigné ou charmé, l'image fugitive mais distincte du bonheur.

Voici une annonce qui parut simultanément dans les quatre grands journaux de la métropole :

Cab! cab! cab! — Si le monsieur à moustache blonde qui se trouvait hier dans un cab paraissant venir de Charing-

Cross, avec une valise jaune, se souvient d'une dame qu'il a tendrement regardée, cette dame sera très heureuse de correspondre avec lui à l'adresse *M. S. L. Poste restante, Hackney.*

— *La dame* sera charmée d'avoir des nouvelles du gentleman qui s'est rendu si délicieusement agréable dans un compartiment de première classe, mardi dernier, de Victoria station à Turnbridge Wells. Voudrait-il écrire à Violetta, aux soins de Mills, libraire, Union Street, Ryde.

— *Le gentleman* qui, dimanche dernier, a voyagé de Maïda Vale à Oxford Circus en omnibus, vis-à-vis d'une dame en robe couleur crême et qu'il a aidée à descendre, pourra avoir de ses nouvelles en écrivant à *Verona, poste restante, Cricklervood.*

— *Le jeune homme* qui voyageait en 3e classe par le train de 3 h. 35 de Chippenham à Bristol, lundi 17 août, serait bien aimable d'envoyer discrètement son nom et son adresse au clergyman qui était assis à côté de lui. *L. J, K.* 33 *Hamilton Road. S. W. London.*

A côté de ces rencontres de voyage, et, qu'en gens pratiques on veut utiliser, les rencontres dans la rue ou dans le parc :

— *Le gentleman brun* qui avait une rose blanche à la boutonnière peut écrire à la demoiselle blonde en robe bleue qu'il a rencontrée a Hyde Park accompagnée d'une dame d'un âge moyen.

Adresser à Mand, sous l'enveloppe de Jane Collins, 22, Southampton Street.

Rose mousseuse. — Si vous n'avez pas oublié le jeune homme en veston clair, avec des cheveux châtains et une moustache blonde, qui s'est assis près de vous à Kensington Gardens, et à qui vous avez bien voulu sourire, il serait heureux de vous retrouver là ou ailleurs. Répondez, sous le même titre, par le même journal.

Amazone. — Vous l'avez trouvée belle et vous lui plaisez. Soyez mardi à Rotten Row. Suivez les chevaux à la sortie du parc. Il est possible que je laisse tomber un billet.

Plus de vingt fois *Tom* a averti l'indifférente *Lizzie* qu'il brûlait de lui parler. L'annonce parut en mai ; fin juillet on la voyait encore, rédigée avec ténacité :

Tom voudrait parler à Lizzie, désigner un endroit.

Enfin, Lizzie s'est laissé toucher par tant de constance, et elle a répondu :

Lizzie rencontrera Tom mercredi près de Morgate Station.

Voilà Tom au comble de ses vœux; il a

rencontré *Lizzie*, cette fois, et sans doute bien d'autres encore, sans qu'il soit besoin de renouveler les avertissements. Août et septembre se passent, et les noms de Tom et de Lizzie reparaissent. C'est Lizzie qui commence le feu :

Tom. — Impossible. Maman vient. A huitaine.

Lizzie. — Pas de lettre, pas d'annonce. Je suis plein d'anxiété. Un mot, de grâce.

Tom. — J'ai quitté la pension. N'écrivez plus. Grand tapage. Vous saurez tout. Mardi à l'endroit ordinaire.

Espérons que, pour miss Lizzie et l'heureux Tom, les affaires se sont arrangées.

Au sentimental. C'est le pauvre Tool; pendant des semaines il n'a cessé d'affirmer quotidiennement, dans le *Standard*, sa sincérité.

Tool. — Toujours vrai. N'oubliera jamais. Crois et espère.

Pauvre Tool. — N'a jamais oublié et n'oubliera jamais. Franc comme l'acier.

Pauvre Tool. — Ne se décourage pas. Il aime, il espère. Le reste viendra.

A la bonne heure, nous avons affaire à un philosophe ; mais voici un amoureux, maître Ralph, qui l'est moins :

Ralph. — Dévoré d'impatience. Ne puis attendre plus longtemps. Écrivez ou j'irai. Prêt à braver tout.

Ralph. — Perfidie? Indifférence? Coquetterie? Votre lettre m'a désappointé en plus d'un sens. Les hommes ne sont pas de simples machines. La chose est faite, cependant. Il faut me récompenser de mes peines. Je ne me contente pas si facilement. Qu'il parte : j'ai le droit de l'exiger.

Ralph. — Ce soir, vous entendez, et pas demain.

S'il n'est pas philosophe, il commande du moins en maître. Félicitations à Ralph.

*
* *

Mlles *Lilly* et *Rose jaune* m'ont intrigué longtemps et m'intriguent encore. Écoutez-les gazouiller comme deux mésanges, se béqueter comme tourterelles, se quereller comme pierrettes et se plumer comme de jeunes coqs :

Lilly et Rose jaune. — Certainement, et merci ; mais vous devez envoyer votre nom et votre adresse.

Lilly et Rose jaune. — Délicieuse soirée. Souvenir ineffaçable. Suavité. Merci. Merci. Merci.

Lilly et Rose jaune. — Je n'ai jamais trouvé de semaine aussi longue. Et ne pas pouvoir s'écrire ! Aimez-moi comme je vous aime. Baisers et encore baisers.

Lilly et Rose jaune. — Vos explications ne me suffisent pas. J'ai des preuves, moi. Assez de perfidie. Depuis longtemps vous souhaitez une rupture. Vos souhaits sont accomplis.

Lilly et Rose jaune. — Je décline respectueusement de prêter la moindre attention aux lettres anonymes. Je sais d'où elles viennent. Inutile d'insister. Adieu et pour toujours. Je vous méprise.

Encore quelques extraits pris au hasard :

A. I. — J'avais promis de ne plus vous écrire. Trois fois j'ai écrit par la poste ; la dernière lettre, portant mon nom et mon adresse, m'a été retournée; les deux autres ne vous sont pas sans doute parvenues. Je ne vous fais pas l'injure de vous accuser de songer à l'argent; mais sachez que je suis riche, très riche.

Nadine. — Impossible. Répondez par le journal. Dites-moi où ma lettre vous trouvera. Crains maman.

Baby. — Je n'oublie pas votre anniversaire. Ma lettre vous attend où vous savez. Accusez réception par une ligne. Tout ne marche pas comme je le désire. Obstacles. Pourrai sortir seule mercredi prochain. Attendez avec voiture place ordinaire.

Mon amour. — Je vous aime follement. Je pense toujours à vous avec un cœur reconnaissant. Votre amour patient et fidèle m'est précieux. Quel bonheur j'ai goûté! Dites-moi vos projets, amour. J'ai pleine confiance en vous, mais mon anxiété est grande. — Y. O. C.

*
* *

L. M. — Bien malheureux. Pourquoi hésitez-vous? Si votre amour ressemblait au mien, tout serait fait. Ce n'est pas l'argent qui vous manque. C'est donc le courage? Oh! je ne veux pas le croire. J'attendrai encore après-demain même heure. Ce sera la dernière fois; si vous n'êtes pas prêt, tout sera fini. Au revoir!

L. M. — Vous êtes un lâche.

*
* *

P. à B. — Acceptez tout mon amour et tous mes vœux. Je craignais de vous écrire. Quand pourrez-vous arranger un rendez-vous? Essayez, je vous en prie. Je brûle de vous revoir. Je n'ai pas encore vendu mes propriétés. Dites un mot.

B. à P. — Tout est arrivé sain et sauf. J'essayerai d'être brave, puisque vous l'êtes. Ayons foi l'un dans l'autre. Gardez-vous de vendre vos propriétés. Demain 9 heures, à l'endroit où nous nous sommes rencontrés. Voiture.

*
* *

Minnie. — J'ai su par M... que vous étiez de retour. Je suis toujours à la même adresse. Maison vide. Venez vite et sans crainte.

S. — J'ai reçu votre lettre. Je m'en moque. Vous savez bien ce que je demande.

Charing Cross. — Trois heures. Sur la plate-forme. Vous me reconnaîtrez à un bouquet rouge et blanc posé sur la poitrine. Je suis blonde.

*
* *

Mary. — Vous êtes un ange. Depuis que j'ai eu le bonheur de vous rencontrer dans ce bal j'ai juré de ne pas avoir d'autre femme que vous.

Mary. — Si c'est le gentleman brun avec une moustache et de petits favoris, qui a dansé deux fois avec Mary, qui a écrit l'avertissement du 6, qu'il se trouve demain à 3 heures précises devant Marble-Arche.

*
* *

M. G. U. Voudrait-il passer au numéro 20 ? Mabel sera seule jeudi et vendredi.

La *colonne d'angoisse* sert, on le voit, de complément au *jeu de mouchoir*. Discrète, nullement compromettante, on y peut tout dire et tout écrire, donner et accepter des rendez-vous sous l'œil du papa, de la maman, des frères, des sœurs, des rivales du mari. Masqué par un faux nom, un chiffre convenu ou de simples initiales, il est d'autant plus difficile d'être reconnu que la même rubrique sert souvent pour l'amant et la maîtresse, et que, les adjectifs n'ayant pas de genre, la rédaction peut être faite de façon à laisser indécis sur le sexe du rédacteur.

Les jeunes Anglaises, on en est maintenant convaincu, vont droit au but, en filles pratiques. Elles sont indomptables et terribles dès que des parents indiscrets se mêlent de traverser malencontreusement leurs propres affaires ou essayent de leur barrer la route du bonheur.

On a été édifié sur les moyens employés pour dompter ces rebelles ; aussi ne serat-on pas surpris de rencontrer des demandes comme celles-ci :

Poignées de verges. — Une dame ayant deux filles insubordonnées désirerait trouver une institutrice qui consentirait à entreprendre, pendant trois mois, leur redressement.

Une dame voudrait-elle se charger de l'éducation de trois jeunes filles déréglées (*unruly*) qui ont besoin toute trois d'une sévère correction quotidienne? *J. Bradshaw. Post Office. Brighton.*

Discipline. — Un monsieur demande une institutrice compétente de moins de 40 ans et sévère *disciplinarienne.* Elle doit être grande et d'aspect imposant. Bons appointements.

XII

LES NOUVELLES MATRIMONIALES

Commit not matrimony except under the strongest provocation.
(English proverb.)

« NOUVELLES MATRIMONIALES, *journal hebdomadaire consacré à la propagation du mariage et à la félicité conjugale.* »

Voilà, certes, le journal le plus extraordinaire, le plus anglais, le plus excentrique, le plus original et le plus amusant de la Grande-Bretagne, le seul et unique qui réponde exactement à son titre et remplisse scrupuleusement sa mission.

Vierges en mal d'amour, veuves en mal de mari, douairières aux lèvres pâlies, brûlant de recevoir encore une fois, avant le baiser final de la mort, celui d'un époux légitime; jeunes gens, hommes murs, vieux garçons, Céladons et Adonis, répondent chaque semaine au prud'hommesque et désopilant appel placé en tête du journal, et dont la teneur est immuable :

« Le mariage est une institution si ancienne, il a de tout temps excité un intérêt si universel dans la famille humaine, qu'en offrant au public un journal spécialement consacré à la propagation des félicités conjugales, nous sommes certains de répondre à un besoin national.

» La civilisation, combinée avec les froides formalités de la société et les règles de l'étiquette, impose de telles réserves aux sexes qu'il y a des milliers d'hommes et de femmes de tous âges capables de faire le bonheur les uns des autres et qui n'ont jamais l'occasion de se rencontrer, soit à la ville, soit à la campagne ; par conséquent, la nécessité d'avoir un organe au moyen duquel les dames et les messieurs aspirant au mariage peuvent entrer en communication d'une façon honorable, est trop évidente pour qu'il soit nécessaire d'insister ; et comme nous sommes fermement résolus de consacrer nos forces et notre énergie aux intérêts et au bonheur de nos lecteurs et de nos correspondants, nous sommes assurés que les *Nouvelles Matrimoniales* recevront un généreux appui. »

L'appui attendu n'a pas fait défaut. Le *Matrimonial News* en est à sa quinzième année d'existence, et sa vente est considérable. N'ayant pas de rédaction à payer, puisqu'il ne se compose que d'annonces, les profits de l'entrepreneur ne peuvent manquer d'être énormes.

Chaque semaine, cinq ou six cents aspirants au bonheur conjugal, dont la partie féminine est représentée par 80 p. 100, exposent aux amateurs leurs chaleureux désirs avec une naïveté ou un cynisme étalés à l'aise derrière le voile de l'anonymat. Il faut être bien blasé ou bien difficile pour ne pas trouver dans le nombre l'idéal de ses rêves. Toutes les femmes y sont jolies, aimables, aimantes, douces, et n'ont qu'un but unique, la félicité de l'époux futur. De pauvres filles dépourvues de dot, pensez-vous? Sans doute, il en est un grand nombre; mais d'autres, riches, jeunes et belles, demandent un mari avec autant d'anxiété que les disgraciées du sort.

Et dans cette chasse à l'époux légitime, dans leur ardent désir d'atteindre le but elles mettent de côté toute modestie.

Les hommes ne se montrent pas moins âpres à la curée, mais tandis que c'est généralement un cœur, un ami, un soutien que poursuit la femme, eux courent après le sac d'écus, le déclarant avec une hypocrite candeur, ou un absolu dédain de l'opinion.

Qu'importe après tout? Personne, à l'exception des correspondants, ne connaît et ne connaîtra jamais ni les uns ni les autres. En huit pages de trois colonnes, classés par numéros ou sous des pseudonymes, *l'entrepreneur* a seul les noms et les adresses et ce n'est que par son intermédiaire que les *avertisseurs* peuvent entrer en contact. Toutes précautions sont prises pour éviter des mystifications ou des indiscrétions. Nul doute que de temps en temps il ne se commette des unes et des autres, mais ces faits sont rares; l'esprit positif de nos voisins les éloigne des farces de ce genre, d'autant plus que le jeu peut coûter gros, car on a vu plus d'un plaisant pris à son propre piège.

Il est évident que si le mariage ne suit pas toujours les préliminaires, il se fabrique de jolis petits romans d'amour sous le couvert de la feuille matrimoniale, et ce n'est pas la partie la moins amusante. Plus d'une postulante ne fait ainsi un appel public à l'épouseur que pour trouver aisément un amant de son goût.

Sans qu'il soit besoin de plus amples détails, je vais donner une série d'extraits pris dans deux numéros de janvier dernier, celui du 7 et du 21, scrupuleusement et littéralement traduits.

Commençons par le clan le plus intéressant, celui des amoureuses qui veulent un homme pour l'amour de lui :

2091. — *Gordon*, jeune demoiselle, 18 ans, fille d'un docteur, 500 livres sterling par an, cheveux châtain clair, yeux gris, belle complexion, expression souriante, taille moyenne et bien prise, tempéramment gai et aimable, femme d'intérieur, très musicienne, serait dévouée et utile petite femme pour un bel homme de n'importe quel âge.

3726. — Une dame de bonne famille, 25 ans, grande, brune et belle, désire entendre parler d'un gentleman qui voudrait une jeune et jolie femme. Aucune considération d'argent ne pourrait l'influencer; mais elle suivrait l'homme aimé jusqu'au bout du monde.

8843. — *Maudie*, 19 ans, superbe fille, taille moyenne, blonde, traits exquis et bien définis, aimables dispositions, arts d'agrément, ferait une femme aimable; demande à correspondre avec un gentleman d'environ 23 ans, de taille moyenne, pas gros, cheveux bruns et moustaches; doit connaître quelques langues étrangères; le manque de fortune n'est pas un obstacle.

3484. — *Laura*, âgée de 22 ans, taille

moyenne, séduisant extérieur, habitudes modestes et sédentaires, mais nullement ennemie des voyages, ayant une suffisante aisance, désire correspondre avec un monsieur en vue d'un prompt mariage. Elle ferait moins attention à l'âge qu'à un caractère enjoué et aimable.

8730. — *Bessie*, 22 ans, très aimable, très bonne famille, blonde, bien élevée et bien instruite, très musicienne, ferait une femme aimante, ne demande pas d'argent, car elle a un revenu de cinquante mille francs par an, désire entrer en relations avec un gentlman qui apprécierait une compagne au cœur chaud.

3558. — Une dame, 28 ans, brune et très belle, taille fine, aimable, chaleureuse, de dispositions aimantes, demande à entrer en relations avec un gentleman de n'importe quel âge qui voudrait apprécier une telle femme.

3445. — *Senga* désirerait correspondre avec un homme honorable, aimable, affectueux; un homme à qui elle pourait se fier, honorer, respecter; un bon chrétien aurait l'avantage. Elle a les yeux bleus, les cheveux châtains, une douce et mignonne figure, une taille moyenne et 26 ans. Elle ne possède rien, mais est soigneuse, économe et bien élevée.

3824. — *Lily*, blonde et jolie, yeux bleus,

musicienne, aimante et gaie, bien élevée, avec un peu de fortune, désire donner le tout, orné de ses doux dix-sept ans, à un jeune homme aimant capable de l'apprécier.

3712. — Une belle jeune veuve, 25 ans, voudrait se remarier. Elle a d'excellentes relations, elle est aimable et accomplie et ferait une épouse aimante: préférerait un gentleman d'un âge mur mais doué de qualités solides.

Quelles qualités? la belle veuve ne les énumère pas; les suivantes sont plus explicites :

Mariage. — Une veuve superbe, brune, aimable et aimante, 30 ans, désirerait entrer en correspondance en vue d'un prochain mariage avec un jeune gentleman qui aurait un tempérament plein de vigueur et apprécierait davantage une jeune et belle femme que l'argent.

3485. — *Madge* désirerait correspondre avec les messieurs suivants : 3353, 3194, 3249, 3423, 3300, 3427. Excellente femme de ménage, 29 ans, 5 pieds 2 pouces, figure agréable, aimable, affectueuse ; elle est certaine qu'elle serait une épouse dévouée pour tout homme bon, honorable et viril.

3490. — Une belle jeune demoiselle, âgée de 19 ans, douce, charmante, accomplie et aimante, désire entrer en relations avec un jeune homme de 22 ou 23 ans ayant de la fortune. Il doit être beau, viril, grand, brun, pas gros. Elle ferait une femme bien désirable.

Si nombre de dames et demoiselles aspirent à des hommes à tempérament, et vraiment virils, en voici une série qui paraît avoir relégué au second plan les amoureuses bagatelles :

3541. — Orpheline, fille d'un officier, jeune, remarquablement belle, haute éducation, très aimable, cœur très chaud, désire rencontrer un monsieur âgé voulant une jeune et jolie femme.

3723. — Belle et jeune demoiselle de 20 ans avec 12,500 francs désire se marier. Elle préférerait un gentleman de 40 ans, bien posé, affectueux et chrétien.

3728. — Veuve de 30 ans, belle, aimable et avenante, 7,500 francs de rente, veut se marier. Un gentleman de 50 ans et même plus serait le bienvenu, pourvu qu'il ait une fortune en rapport avec la sienne.

Faisons une petite excursion au côté des hommes :

3675. — Un gentleman de très bonne famille, d'une éducation exquise, d'un caractère excellent, âgé de 28 ans et paraissant beaucoup plus jeune, blond et de belle apparence, très belles moustaches d'un brun doré, taille 5 pieds 8 pouces et un revenu actuel de 5,000 fr. avec de bonnes espérances d'augmentation, désire communiquer avec Bessy, Flory, Myra, Alice Beaufort, Geraldine et voir leur photographie.

3629. — Gentleman, 28 ans, 5 pieds 8 pouces, belle mine, un peu brun, petites moustaches, cheveux bouclés, bien élevé, bon chanteur, joue bien du piano, bon caractère, aimable et joyeux, aimant le chez soi, employé dans la Cité, 3,750 francs par an; pas d'autres revenus, désire se rencontrer avec une jeune demoiselle en vue d'un prompt mariage; elle doit être bien élevée et accomplie, aussi bien que femme de ménage. Un cœur vrai et aimant serait préféré a une jolie figure. Les numéros 3501, 2097, 3293, 3588, 3484, du 3 janvier, et Alice Beaufort voudraient-ils entrer en correspondance?

3679. — Un jeune artiste, 23 ans, désire correspondre avec une dame ou demoiselle aimante et aimable. Apparence personnelle, etc. ; jugez par vous-même : trois photographies sont chez l'éditeur. Les suivantes voudraient-elles correspondre ? Alice Beaufort, Eveline, Géraldine ?

Il ne m'a pas été difficile de trouver le nom de cette Alice Beaufort, qui semble attirer tant de convoitises, et je m'expliquais alors ses désirs tendres. Son annonce est revenue bien des fois et à l'heure où j'écris, se renouvelle encore. Cette jeune Alice est difficile sans doute et lente à se fixer, elle en a le droit du reste, s'il faut s'en rapporter à elle. Jugez-en.

Mariage.— Une jeune et belle demoiselle, orpheline, âgée de 24 ans, hautement apparentée et avec un revenu de 50,000 francs désire se marier. Elle n'exige pas un mari d'une grande fortune, mais un gentleman de bonne mine, aimable et viril, tel enfin qu'une femme au cœur tendre puisse l'aimer et le respecter. — Alice Beaufort.

Sans vouloir en rien nuire à miss Alice Beaufort, il me semble que j'aimerais mieux la petite Lily, qui n'y va pas par quatre chemins :

Lily, blonde et jolie, 18 ans, demande un bon mari, qu'elle aimerait bien.

J'espère qu'elle aura rencontré le jeune clerc, numéro 3,425 :

3425.— Un clerc, âgé de 22 ans, veut se marier. Quelque jolie fille veut-elle lui écrire ?

Encore de belles occasions pour les coureurs de dot :

— Une dame blonde, jeune et belle avec un revenu de 26,250 francs, désire entrer en relation avec un jeune homme en vue du mariage. La fortune n'est pas exigée, pourvu que le gentleman plaise. Myra.

Cette héritière doit être aussi fort difficile à contenter, car l'annonce est revenue souvent sous des formes différentes, ainsi que celles-ci :

— Une dame possédant jeunesse, beauté, fortune, veut se marier. Elle ne demande pas de l'homme qu'elle prendrait, la richesse. Elle veut, au contraire, ne tenir qu'avec ses propres ressources son rang et sa maison. Geraldine.

3657. — Monica et Gladys, âgées l'une de 21 ans, l'autre de 19 ans, taille moyenne, jolies, bien élevées, blondes, ayant des revenus suffisants, désirent correspondre avec deux amis en vue du mariage. Toutes deux ont un cœur très chaud, sont très aimables et d'un naturel gai. Au bras d'un mari viril, elles braveraient tout. Elles préféreraient une entrevue, si possible. La plus extrême discrétion est promise et demandée. L'éditeur a leur adresse.

Les chasseurs ne manquent pas pour ces gibiers; l'on voit les noms des héritières ou leur numéro d'inscription, revenir sans cesse dans les demandes en mariage.

Beaucoup, afin de mieux attirer l'attention et de mériter du premier coup les sympathies jouent au désintéressement et à la vertu.

3681. Un gentleman, 25 ans, belle mine, capital médiocre, mais santé supérieure, serait heureux de communiquer avec une dame de revenus modestes, en vue du mariage. L'avertisseur place une plus haute valeur sur un caractère strictement moral que sur l'argent; tout ce qu'il désire, c'est d'avoir un petit appoint pour se lancer convenablemet dans les affaires. Il apprécierait hautement une dame d'un caractère aimant et sensible, mais avant tout vertueux. Il est bon chrétien, s'abstient des liqueurs fortes et ferait tous ses efforts pour rendre sa femme heureuse. Géraldine Myra, Alice Beaufort voudraient-elles bien lui écrire ?

Le jeune Tennyson, n° 3,244 qui s'intitule *a Young medical man from abroad* n'est pas modeste. Écoutez le détail de ses qualités et de ses exigences :

— Je suis très aimant, très beau, hautement moral. Je désire correspondre avec dame ou demoiselle riche, de bonne famille, de belle figure, de traits délicats et fins, d'un caractère noble et vertueux. Il est essentiel qu'elle ait des talents nombreux et variés, des goûts littéraires de premier ordre. Je n'ai pas d'argent, mais de bons projets, et j'estime une digne et chrétienne compagne au-dessus de tous les biens de la terre. Alice Beaufort, Bessie, Myra, Eveleen, Geraldine, Gordon voudraient-elles correspondre avec moi ?

Le beau Tennyson n'est pas le seul de son genre sur la brèche, un autre suit immédiatement :

— Un gentleman étranger, 27 ans, blond, beau, distingué, large poitrine, taille moyenne et bien prise, musculeux ; naturel aimable, grande moralité, parlant trois langues, voudrait se marier de suite avec veuve ou demoiselle qui n'aurait aucune objection à vivre en Allemagne et à l'aider de son argent.

Je lui propose cette vieille, inscrite sous le n° 3,444.

— Veuve de 60 ans, très bien conservée, caractère enjoué, sans *encumbrance*, désire entendre parler d'un gentleman respectable, vertueux et parfait chrétien, en vue d'un prompt mariage. Elle peut disposer de 5,000 francs comptant.

Les officiers, les retraités surtout, en quête de femmes sont nombreux. D'ordinaire leur demande est brève comme un commandement. Les deux suivantes font exception.

8398. — Un lieutenant-colonel retraité, veuf, sans *encumbrance* (sans enfants), homme chrétien, Église d'Angleterre, fortune suffisante, 48 ans, yeux bleus foncés, moustaches et cheveux bruns, taille moyenne, teint frais, passant pour beau garçon, caractère égal, état de premier ordre quant au corps et à l'intelligence, est tout disposé à s'abandonner de nouveau à une digne et chrétienne épouse qui dans le bien-être comme dans la malechance, l'aimerait, l'honorerait et lui obéirait, et ajouterait à tout cela une aimable parole et un doux sourire au cher vieux camarade qui lui assurerait en échange le repos, l'amour, l'honneur et le confort avec l'aide de Dieu. Les dames suivantes, inscrites au *MatrimonialNews* du 21 octobre, sont invitées à correspondre avec « cavalier » brûlant de le devenir : Grace Granville, Eveleen, Nelly, miss Elliott, Minie, Connie, mistress Branscourbe. Lena, Ada, Longflor, et les numéros 7400, 7,406, 7338 et 7292. Photographies reçues, envoyées et retournées. La plus grande discrétion de part et d'autre.

2999. — Un officier de ligne en activité, qui s'est élevé des rangs, est très désireux de se marier. Il a 34 ans, est grand, blond, bien portant, d'un caractère aimant et généreux, sent qu'il ferait un excellent mari. Il voudrait une femme qui ait quelque fortune; mais elle doit avant tout être une *dame*; elle doit être aussi affectueuse, bonne ménagère, au-dessous de 40 ans et capable d'aimer son mari. Il lui rendrait son amour avec intérêts. Quelque dame veut-elle correspondre? Il enverra sa photographe, ou arrangera une entrevue si on le désire.

Encore un médecin. Il se déclare *medical gentleman* éminent :

2502. — Un médecin éminent, âgé de 40 ans, l'un des premiers praticiens du Canada, 5 pieds 9 pouces, superbe physionomie, belles dents blanches, magnifique voix de ténor, bon pianiste et bon organiste, parlant quatre langues, auteur et conférencier, ayant voyagé dans toutes les parties du monde, et tout à fait cosmopolite, très affectueux et désireux d'un intérieur, relations de *première classe*, belle résidence, voudrait correspondre avec une dame riche, en vue du mariage, et qui consentirait à demeurer au Canada; aimant beaucoup les enfants, une veuve avec deux ou trois ne lui serait nullement désagréable.

3677. -- *Henry*, 31 ans, 5 pieds 8 pouces, 500 livres sterling par an, poids 150 livres, projets de première classe, désire correspondre avec une dame en vue d'un prompt mariage. Il a voyagé dans le monde entier, fait des vers, est d'un tempérament chaud et aimant. La dame doit avoir des rentes, être bien élevée et musicienne.

Les Alphonses du mariage abondent. Je cueille dans le tas :

3630. — *Albert*, grand, brun, 27 ans, pas d'autre fortune que ses appointements de 2,000 francs par an, demande à lier connaissance avec une dame de 30 à 45 ans qui aurait les moyens de lui faire un intérieur confortable. Envoyer sa photographie.

3514. —*Robert*, ingénieur, 27 ans, 6 pieds, beau garçon, brun et solide, bien élevé bonnes relations, veut se marier. Sa position est bonne, mais insuffisante. Il désirerait correspondre avec une dame âgée ou une veuve ayant de la fortune.

3604. — *Hubert*, 26 ans, 5 pieds 8 pouces, brun, considéré comme très beau garçon, de dispositions aimables et amoureuses, commerce facile et agréable, appointements modestes, désire correspondre avec une dame âgée, mais pas au-dessus de 60 ans, en vue d'un mariage immédiat. Elle doit avoir les moyens de tenir confortablement sa maison.

3676. — *Fred*, 22 ans, 5 pieds 10 pouces, brun, yeux très noirs, belle prestance et belle santé, gentleman par la naissance et l'éducation, mais sans argent, désirerait entrer en relation avec une dame riche en vue d'un prompt mariage. Il ferait un mari ardent, fidèle et dévoué.

3527. — Un gentleman allemand, 26 ans, grand, professeur de langues, sans fortune, désire correspondre avec une dame ayant de l'aisance et qui voudrait un mari aimable, au cœur dévoué et brûlant. Il est passionné pour la musique, la peinture et les voyages. Les dames suivantes voudraient-elles avoir la gracieuseté de correspondre, si elles en ont l'envie : Alice Beaufort, lady Alice, Bessie, Lilian, Geraldine, Nora, Myra, Eveleen, 3315, 3130, 3160, 3187, 3280, 3286, 3291, 3284, 3506 ou d'autres inscrites dans le numéro du 13 décembre. Le plus profond secret doit être observé de part et d'autre. L'éditeur a l'adresse et la photographie.

Voici le rastaquouère.

3516. — Un jeune, brun, et titré gentilhomme étranger, 5 pieds 11 pouces, yeux noirs, cheveux noirs, noble naissance, occupant une haute position diplomatique, reçu à la cour, désire épouser une jeune demoiselle agréable et affectueuse. Son mariage la rendra comtesse. Nulle objection quant à la religion. Elle doit avoir au moins 75,000 francs de revenus.

Les Allemands ont une prédilection marquée pour les Anglaises, celles *qui ont le sac*, bien entendu, car en voici un autre qui les relance de Berlin.

2388. — Un gentleman allemand *orphelin* (!), âgé de 34 ans et demi, 5 pieds 7 pouces, bien portant, cheveux et favoris blond clair, considéré comme beau garçon, doux, bien élevé, d'une apparence de gentleman, très sobre, parlant l'anglais, le hollandais et assez bien le français, employé dans le gouvernement avec des appointements de cent livres par an, qui s'augmenteront, sans fortune, désire correspondre avec une dame anglaise ou une veuve sans enfants, de l'âge de 24 à 45 ans, une orpheline préférée, ayant de la fortune et consentant à vivre en Allemagne. L'avertisseur a un esprit droit, un cœur chaud, une âme vertueuse, et serait un mari très dévoué, excessivement passionné pour son intérieur; il préférerait un doux caractère à la beauté. Il demande et il promet la plus grande discrétion. Est-ce que Bessie, Geraldine, Alice Beaufort, Myra, Eveleen et la veuve n° 3444 voudraient répondre ?

3683. — Un gentleman, 57 ans, bonne famille, belle manières, excellente santé, grande expérience, a vécu longtemps à l'étranger, aimant son intérieur, aimable, gai, possédant tous les attributs virils capables de faire le bonheur d'une femme, est désireux, en vue d'un prochain mariage, de lier connaissance avec une dame d'âge, de respectabilité, de dispositions semblables et de suffisantes ressources pour que, les deux fortunes réunies, on puisse s'assurer une existence confortable et heureuse.

3425. — Un gentleman américain, 26 ans, résidant à New-York, demande à correspondre avec quelques dames, en vue d'une amélioration mutuelle et peut-être de mariage. Suis un agent d'une compagnie de chemin de fer, et ai tout le temps voulu pour répondre aux lettres. Celles qui contiennent une photographie recevront une attention toute spéciale. Dire si l'on a de l'éducation et des connaissances musicales. Les lettres pour l'Amérique demandent un timbre extra. Je ne suis pas laid. Yeux bleus, cheveux bruns ondoyants, 5 pieds 9 pouces. *Pèse 15 stones* (210 livres).

Encore un Allemand ; décidément dans la chasse aux héritages, à eux le point. *Germanus tulit punctum qui miscuit utile dulci.*

3635. — Jeune gentleman. Allemand d'origine, 26 ans, ayant l'air d'en avoir 30, 5 pieds 6 pouces, fort et sain, sobre, très affectionné, très naturel, tranquille, modeste, pas encombrant, considéré comme un peu timide, pas mal comme figure, a des propriétés en Amérique, serait désireux de correspondre avec une dame chrétienne, pieuse et sage en vue du mariage. Elle doit avoir des rentes, car lui n'en a pas; mais il aime beaucoup un intérieur et est d'un tempérament très aimant. L'âge de la dame est de nulle importance. et il prendrait aussi bien une veuve que toute autre.

Il n'aura pas en tout cas celle-ci.

3448. — Une dame parisienne, résidant en Angleterre, désire se marier à un monsieur plus âgé qu'elle, de n'importe quelle nationalité, excepté un Allemand: elle prendrait volontiers un veuf. Elle a 28 ans, elle est aimable, spirituelle, bonne ménagère. Elle gagne environ 3,000 fr. par an, et pourrait continuer à exercer sa profession étant mariée.

Voici maintenant le Werther ardent :

— Un gentleman prussien ayant de bons revenus, désire faire la connaissance d'une dame entre 25 et 35 ans. Elle doit être grande, douée d'une bonne santé et d'un embonpoint raissonnable, avoir la peau brune et des cheveux noirs et abondants. S'adresser en toute confiance.

Un autre jeune passionné, mais que dès l'entrée en matière on raconnaît pour britannique :

3631. — Hautement respectable et respecté. Beau jeune homme de 25 ans. Petits revenus. Châtin foncé, moustaches. Yeux noisette. Bien constitué et solide en tous points; désire se marier tout de suite à belle dame ou jolie demoiselle ayant des revenus. Elle doit être très aimante et très affectionnée, car il est lui-même de joyeuse, aimante, affectueuse disposition et sait qu'il fera un excellent mari capable d'attacher à jamais une épouse.

3079. — Une respectable personne de 40 ans, cheveux et yeux noirs, 5 pieds, extérieur mignon, pas de parents, 3 à 400 livres sterling, économe et excellente ménagère, faisant ses propres robes, désire correspondre avec un homme dans les affaires et qui soit d'à peu près son âge. L'argent est moins pour elle-même un objet d'attention que la fermeté, la constance, la sobriété et les dispositions à réussir en affaires; de plus elle veut un gentleman de manières et d'aspect; un veuf avec un ou deux enfants ne serait pas repoussé. Elle ferait une industrieuse, constante, fidèle, dévouée épouse et mère.

3181. — Une dame veuve, 30 ans, en paraissant 25, cheveux bruns, yeux noisette, complexion saine, taille moyenne, charmante tournure, chante avec une douceur attrayante, joue modérément bien, très bon naturel et dispositions aimantes, excellente femme d'intérieur, très bonne santé, a beaucoup voyagé, 1, 500 francs de rente, aura davantage; elle désire ardemment devenir la petite femme aimante et dévouée d'un gentleman au cœur chaud et à principes solides avant que le printemps de sa vie soit passé.

3780. — La fille d'un clergyman, 24 ans, d'un naturel brillant et aimable, musicienne, serait heureuse de correspondre avec le numéro 8398, ou tout autre semblable gentleman. Elle est grande, a les cheveux noirs, les yeux d'un bleu sombre, Le principal mérite de son mari serait d'être un bon et chaleureux chrétien. La dame est très femme de ménage, très sobre, très affectueuse; elle ne voit nul inconvénient à un échange de photographies, si on le désire. Son père est à la tête d'une paroisse de Londres. Ses vues religieuses sont strictement évangéliques.

3377. — Un monsieur de 60 ans très grand, plus grand que la moyenne et de bonne mine, bon tempérament, et persuadé qu'il peut rendre heureuse toute femme raisonnable, veut se marier. Il a un revenu de plusieurs milliers de livres sterling, une magnifique résidence à la campagne, chevaux et voitures et ferait un mari bon et indulgent.

3443. — Une dame de physionomie agréable, beau teint, convenable en tous points pour un clergyman, ou un gentleman évangélique ou appartenant à une profession chrétienne, ou tout autre cherchant une compagne intellectuelle et agréable et une épouse affectionnée. On préférerait Londres et les environs. Le revenu actuel est de 50 livres sterling; augmentation probable. Nulle objection pour un veuf avec enfants, pourvu qu'il ait de quoi les entretenir.

Le souci de leur salut, celui du troupeau et l'attente des joies célestes ne font pas dédaigner les terrestres aux pieux *clergymen*. Je ne les en blâme pas, je constate simplement.

Divinité. — Étudiant pour les ordres sacrés, 24 ans, grand, blond, viril, aimant, tendre, cherche une compagne affectueuse. Nombreux projets d'avenir, perspectives inattendues, moyens désirables, la dame jugera. J'aimerais à correspondre avec Alice Beaufort ou toute autre de même catégorie.

Mariage. — Clergyman de l'Église d'Angleterre, gradé célibataire, 32 ans, grand, bien fait, considéré comme possédant des avantages physiques, désire épouser une dame riche, bien élevée, d'un caractère aimable, et pas au-dessus de 33 ans, capable d'apprécier un époux aimant. Malheureusement l'avertisseur n'a que des revenus très médiocres.

Celui-ci, plus bref, semble ne douter de rien.

3606. — Un clergyman, 70 ans, recteur, revenus modestes, désire se remarier avec une aimable dame qui ait un peu d'aisance. Celles au-dessous de 40 ans préférées.

Plus je vais, plus je trouve à puiser dans cette mine riche, où jeunesse et vieillesse dévorées du même mal, assoiffées des mêmes désirs ou de cupidités identiques, se coudoient au même *handicap*.

Ne sont-elles pas bien naturelles, ces jeunes *misses*, ces veuves ardentes, ces vieilles à qui il faut un mari à tout prix! Et ces escrocs à la chasse aux héritières, ces pieux oints du Seigneur voulant aimer, et jouir gratis de la vie sont-ils assez dans la note humaine! Le tout suant le vice, puisque *vice* ils prétendent qu'il y a, sous le manteau de la vertu.

Je me hâte de déterminer, laissant au lecteur le soin de conclure; mais avant de finir ma récolte dans ces terres grasses d'excentricités, je veux encore cueillir ces deux fleurs pour compléter le bouquet :

3644. — Un prêtre français, 38 ans, occupant une haute position en Angleterre, désire se rencontrer avec une dame d'un cœur tendre et fidèle qui comprendrait sa solitude et consentirait à une prompte union.

Aucune pieuse personne n'ayant répondu à cet émule du père Hyacinthe, il fit dans le numéro suivant un nouvel appel :

3744. — Rencontrera-t-il jamais le prêtre français qui occupe une haute position en Angleterre, un cœur compatissant qui comprendrait ses souffrances et sa captivité (?) L'éditeur a l'adresse et la photographie.

FIN

Thibout Gustave

rue d'Lamville

par Moulan

Seine et Oise

TABLE DES MATIÈRES

FIN DE LA TABLE DES MATIÈRES

ASNIÈRES, IMP. LOUIS BOYER ET Cie 7, RUE DU BOIS

PETITE BIBLIOTHEQUE UNIVERSELLE

ROMANS DE MŒURS & D'ÉTUDES SOCIALES

1, 2. *Léon Cladel.* Les Va-nu-pieds...... 2 v.
3, 4, 5. — N'a-qu'un-Œil........ 3 v.
6. *Hector France.* Les Nuits de Londres 1 v.
7, 8. — L'Amour au pays Bleu....... 2 v.
9, 10. — Les Va-nu-pieds de Londres. 2 v.
11. — La Pudique Albion.......... 1 v.
12, 13, 14 *Catulle Mendès.* La Demoiselle en or. 3 v.
15, 16, 17 — La Petite Impératrice 3 v.
18. *Frédéric Soulié.* Le Lion Amoureux. 1 v.
19, 20. — Eulalie-Pontois.... 2 v.
21. *Paul Alexis.* Un Amour platonique. 1 v.
22. — Les Femmes du père Lefèvre. 1 v.
23. *Félix Pyat.* La Folle d'Ostende. — Les Filles de Séjan....... 1 v.
24. *Paul Alexis.* L'Infortune de M. Fraque 1 v.
25, 26. *Ed. Lepelletier.* Le Supplice d'une Mère 2 v.
27, 28, 29 *Léon Cladel.* Les Martyrs ridicules. 3 v.

EN PRÉPARATION :

Emile Zola. Thérèse Raquin
Léon Hennique. L'accident de M. Hébert.
Juliette Lamber (Mme Ed. Adam). Saine et Sauve.
Dargenty. Le Roman d'un Exilé.

ROMANS POPULAIRES

1, 2, 3. *H. Le Verdier.* (Scène de la vie conjugale). — Le Drame du train-poste.. 3 v.
4. *Albert Trévad.* Les Repaires de Paris 1 v.
5. *Pierre Cœur.* La Jolie Brunisseuse. 1 v.
6. *Louis Férald.* L'Agent Chacal...... 1 v.
7. *A. Maurin.* Les Amoureux de Miette. 1 v.
8, 9. *H. Le Verdier.* (Scène de la vie conjugale). — Madame D. K. L. 17 (poste restante)............ 2 v.
10. *G. Le Faure et F. Steyne.* La Faute de Mademoiselle Cordier..... 1 v.
11, 12. *Max. Lennat.* (Les Compagnons de la Roquette.) La Bambine... 2 v.
13. *Marc Mario.* (Les Maîtres chanteurs.) L'Agent d'affaires de la rue Saint-Denis..... 1 v.
14, 15. *Louis Noir.* La Fiancée de Marceau. 2 v.
16. — Souvenirs d'un zouave. 1 v.
17. *Jean Ricaut.* (Les Drames du Harem.) Le Voleur d'Amour..... 1 v.
18. *Steno Boudoin et E. Petit.* La Femme du juge............... 1 v.
19. *Jules Rouquette.* La Route fatale.... 1 v.
20, 21. *Max. Lennat.* Démona la Dompteuse 2 v.
22. — Martyr d'Amour (Urbain Grandier) 1 v.
23. *Albert Maurin.* Marion Delorme.... 1 v.
24. *Jules Rouquette.* Jean Cavalier (Le Héros des Cévennes)....... 1 v.
25. *G. Le Faure et F. Steyne.* La Belle Judith................. 1 v.
26, 27, 28 *Champfleury.* La Fille du chiffonnier. 3 v.
29, 30, 31 *Hector France.* Le Péché de sœur Cunégonde....... 3 v.
32, 33, 34 Marie-queue-de-vache 3 v.
35, 36, 37 *Alexis Bouvier.* Auguste Manette... 3 v.
38. *G. Le Faure.* Mariée par un prêtre.. 1 v.

ROMANS COMIQUES

1 *Jean Kiri.* Les Epoux Ducordon (Album) 1 v.

ROMANS D'AVENTURES & DE VOYAGES

1, 2, 3. *Louis Noir.* Le Coupeur de têtes.. 3 v.
4, 5, 6. — Dans le Désert........ 3 v.
7, 8, 9. — Le Lion du Soudan..... 3 v.
10, 11. — L'Homme aux yeux d'acier................. 2 v.
12, 13. — Le capitaine Règlement 2 v.

GRANDES CAUSES CÉLÈBRES

1. *Louis Réginal.* Fualdès ou le crime de Rodez................ 1 v.
2. *Jules Rouquette.* Le Crime du Solier. 1 v.
3. *Eugène Morel.* La Blonde Alliette. (L'Affaire de la rue du Temple) 1 v.

SCIENCES & ARTS, HISTOIRE, VOYAGES, ETC.

1, 2. *Jean Bernard.* Histoire anecdotique de la Révolution française. 2 v.

EN PRÉPARATION :

Baron de Wogan. Six mois dans le Far-West.

POÉSIES

1. *Clovis Hugues.* Poésies choisies.... 1 v.
2. *Hégésippe-Moreau.* Le Myosotis... 1 v.

EN PRÉPARATION :

Sutter Laumann. Les Meurt-de-faim..... 1 v.

CHEFS-D'ŒUVRE FRANÇAIS & ÉTRANGERS

1. *Beaumarchais.* Le Barbier de Séville 1 v.
2. — Le Mariage de Figaro. 1 v.
3, 4, 5. *Daniel de Foë.* Robinson Crusoé... 3 v.
6. *Gœthe.* Werther.................. 1 v.
7. *Longus.* Daphnis et Cloé.......... 1 v.
8. *Molière.* Tartufe. — Le Médecin malgré lui................... 1 v.
9, 10. *Rabelais.* Gargantua (Traduction nouvelle en français moderne) 2 v.
11. *Schiller.* Les Brigands........... 1 v.
12, 13. *Swift.* Voyages de Gulliver........ 2 v.
14. *Voltaire.* L'Ingénu.............. 1 v.
15. — Candide.............. 1 v.
16. *Shakespeare.* Othello.............. 1 v.
17. *Bernardin de Saint-Pierre.* Paul et Virginie................ 1 v.

OUVRAGES UTILES & AMUSANTS

1. La Parfaite Clé des Songes........ 1 v.
2. Le Parfait oracle des Dames et des Demoiselles............. 1 v.
3. La Cuisinière des familles......... 1 v.
4. Le Parfait langage des Fleurs...... 1 v.
5. Dictionnaire des jeux de Société.... 1 v.
6. Tours de cartes anciens et nouveaux. 1 v.

SCIENCES OCCULTES

1. *Louis Mond.* Cours de Graphologie... 1 v.
2. — Cours de Magnétisme... 1 v.
3. *Ely-Star.* Cours d'Astrologie......... 1 v.

Chez tous les libraires : 25 centimes le volume

On reçoit séparément chaque volume franco en adressant 30 centimes en timbres à M. Edinger, 34, rue de la Montagne-Sainte-Geneviève, Paris.

Paris. — Imp. Collombon et Brûlé, 22, rue de l'Abbaye.

www.ingramcontent.com/pod-product-compliance
Ingram Content Group UK Ltd.
Pitfield, Milton Keynes, MK11 3LW, UK
UKHW031855260826
14628UKWH00002B/794

9 782019 309596